文芸社セレクション

海上保安官物語

小笠原 隆

OGASAWARA Takashi

JN179524

文芸社

目次

プロローグ

1991年9月、舞鶴の空は真っ青に晴れ渡っていた。

その、どこまでも突き抜ける紺碧の中に、純白の197の帽子が一斉に舞い飛んだ。

今日はここ、京都府舞鶴の海上保安学校での10月期生の卒業式だ。昨年10月、全国からこの学校に入学してきた若者達が、1年間の血を吐く様な厳しい試練に耐え、晴れて逞しい海上保安官となって生まれ出たのである。


海上保安官と一口に言っても、その階級は最高位の海上保安庁長官から学生まで16通りあり、現在は該当者無しとされている一等海上保安士補、二等海上保安士補、三等海上保安士補を除いても13の身分階級に分かれている。

この、京都府の日本海側沿岸にある舞鶴海上保安学校で産声を上げた若い保安官たちは、学生時代の細く黒い袖章からいまや、糸のように細い金筋が1本入った袖章の三等海上保安士という身分で、明後日にはそれぞれ赴任先の海上保安部に赴任報告をするのである。

筆者は今、海上保安官になりたてでここにいる、友田雄二という横浜生まれの21歳の若者と一緒に、これからこの物語を進めていきたいと思う。

海上保安学校

友田雄二は横浜市に住むサラリーマンの次男として地元の高校を卒業すると、高校の恩師の勧めもあって東京都内の大学を受験し、さほど優秀な成績ではないが何とか世間に知られた六大学のひとつに入学することが出来た。

サークルは体育会系に入り、大学自治会にも所属して、その辺にいる普通の大学生として、キャンパス生活を謳歌していた。

だが小遣い稼ぎと称して、夜は明け方近くまでスナックでバイトをし、昼は自治会室で昼寝をむさぼるという生活を続けたため、学生としての肝心の授業単位が取れずに留年を余儀なくされたのである。

やっと2年生にはなったのではあるが生活への改善はなく、またもや3年への進級が難しい事が発覚した。

母親の富子は自分が甘やかしすぎたのではないかと悩み、雄二を問いつめたが雄二にとってはどこ吹く風であった。

　ある日、新聞の下の方に一段の小さな記事で海上保安官募集とあるのを見つけた富子は、雄二が高校時代の3年間外洋型セーリングクルーザーのクルーとして、喜々として横浜の市民ハーバーに足しげく通っていたことを思い出し、(海が好きなのなら)という単純な理屈で、半ば強制的に雄二に試験を受けるように勧めた。

　雄二は、「海上保安学校はむずかしいからねえ。もし受かったらね」などとうそぶいていたが、雄二にとって幸か不幸か無事に合格し、今まで行ったこともない京都府の舞鶴に行くことになったのである。

　雄二には舞鶴などという地名は、有名な歌の「岸壁の母」に出てくるほかは知らず、しかもどの辺にあるのかさえ知らなかった。

　それに人一倍寂しがり屋の雄二は、いままで1人で生活をしたことが無かった。

　彼の父方の祖母は、「可哀想に、可哀想に」と繰り返し、富子の仕打ちをけなし続けた。

　今まで自宅で昼近くまで寝ており、自由気ままに過ごしてきた雄二にとって、規則に縛られた全寮制の生活は想像を超える以上の厳しいものであった。

　真冬でも早朝6時には起床し、朝食後すぐに学科の授業があり、午後からは実技の授業と、分刻みでスケジュールが組まれていて1分1秒も気の抜けない生活なのである。

雪深い日本海の舞鶴、真冬の早朝からのカッター（大型のボート）での訓練などの時は、まずカッターの中に大量に降り詰まった雪を掻き出し、全員で力を合わせて、カッターを荒れ狂う日本海に押し出すのである。

凍った波しぶきは容赦なく、雄二たちの汗で濡れた体操着に襲い掛かり、力いっぱいに身体中で漕ぐ若者たちのカッターを進ませまいと、冷たい氷の飛沫を投げつけてくるのだ。

また、雨でも雪でもの毎日2㎞の遠泳訓練も非常に辛いものであった。

幸いにして雄二は小学生のころ母親の勧めで自宅近所の水泳教室に通った経験があり、中学、高校では一般の大人たちに交じって大型ヨットにも乗っており、大学時代は体育会系サークルに所属していたこともあって身体を動かし、鍛えることには慣れているはずであった。が、そんな生易しいものではなかった。

プールでの水泳練習とちがって、日本海での遠泳訓練の最初のころはいくら腕を動かし、水を掻いても前へ進んでくれず、また波があり、疲労してくるとだんだん海中に引きずり込まれそうになる。

もちろん、伴走船の上から教官が常に監視しており、危険な状態になると伴走船に引き上げてくれるのであるが、最終的には２km以上を常に泳ぎ切れるようにならなければ合格とは言えず、この訓練でも数人の脱落者が出るのである。

夜、ぼろ屑のように疲れた体を、寮の狭いベッドに引きずり上げ瞼を閉じると、自宅にいた時の子供のころの自分が思い出され、雄二の耳朶に熱い涙が溜まっていくのである。

「ママ、早く帰ってきてね」

パートの勤めに出かける母親を追って、大事にしているクマのぬいぐるみを抱きしめ、どこまでもバスの後を追っていく自分の姿を見てはっと目を覚まし、ベッドの上に起き上がっては夢であったことを思い、涙でびっしょりと濡れている枕に触って、楽しかったわが家を想うのであった。

雄二は小さな時から、おとなしく優しい、そして動物が大好きな子供であった。先に紹介したクマのぬいぐるみも、３歳の誕生祝いに父親が買ってくれたもので、小学校を卒業するまで大事に可愛がっており、寝る時も片時も離さずにいたほどで、小学生のある時、ほころび薄汚れたそのぬいぐるみを捨てようとした母親と大喧嘩になり、2日間食事もしないで泣き通したほどで、とうとう根負けした母親が風呂場できれいに洗濯し、ほころびを繕ってやり、やっと納得した程であった。

雄二が中学生になったとき、「いつまでもクマのぬいぐるみでもなかろう」と、父親が仕事先の知り合いから掌に載るほど小さな柴犬の子供を貰ってきて雄二に与えた。雄二はその仔犬に「ポチ」という名前を付け、犬小屋にそれまで大事にしていたクマのぬいぐるみを入れて

「ポチは僕の弟だから、クマさんはポチにやるんだ」

と、それこそ、仔犬のポチを本当の弟の様に可愛がり、2歳上の兄、幸一を嫉妬させたほどであった。

雄二たち新米保安官見習いは、数人ずつで班を組んで同室に起居しており、それぞれ1人1人にベッドと机、それにロッカーといったプライベートスペースが与えられ、

その班が集まって1つに中隊の様なものを形作っていた。

班の編制は全国から集まった18歳から24歳までの年齢、学歴の違う者たちで、年齢が上のほうにあった雄二は彼らの班である3班の班長に任命されていた。

これらの組織図は卒業後実際の任務に就いた際、狭い巡視船内で生活することを想定されて作られており、巡視船内の生活では何よりも全員の協調が求められているためでもあった。

食事、風呂なども決められた時間の中で素早く効率よく済まさなければならなかった。

学生ではあるが初級国家公務員として給料も有り、もちろん土曜日、日曜日、祝日は学業も休みであった。そしてそのような時は外泊もできるのであり、夏休み、冬休みには届を出せば家に帰って家族に甘えることもできるのである。

京都の厳しい寒さも緩み、日本海の海の色も暗い鈍色から輝き通った明るい群青色へと変わり始めた3月の日曜日、雄二は和船の櫓を器用に操り舞鶴湾へ漕ぎ出していった。

海上保安学校にはローボート、和船、水上オートバイ、モーターボートやウインドサーフボードなど海上での乗り物はほとんどが置いてあり、これらを乗りこなす実技練習も科目のうちに入っていて、休日には自由に使用する事もできた。

雄二は慣れた櫓さばきで漕ぎ進め、戦後、引揚船が停泊したという小学校近くの桟橋のすぐそばまで来て櫓から手を離した。

あの、『岸壁の母』の歌で有名な舞鶴湾は複雑に入り組んだ地形になっており、多くの引揚者たちが故国への第一歩を示したという2本ある桟橋のうち、小学校側でない1本は半ば朽ち果てていて、その桟橋から通じる、当時出迎えの人々であふれかえった浜は今は某社の工場敷地となっているが、今日が日曜日ということもあってか当時のことが嘘のように静まりかえっていた。

雄二は陽光をいっぱいに浴びた和船に仰向けにごろりと寝転んで、吸い込まれてしまいそうな、深い、碧い空のその奥のほうに眼をやって、漕ぎ手をなくした和船に小さく当たる波の音を聞いていた。

舟は緩やかな潮に流されてはいたが、瞼の裏側に碧い空の色が映りこむほどにうっすらと目を閉じた雄二は、舟が流れて行くことには一向に構わず、横浜の自宅と狭い庭で散歩のおねだりをしている愛犬のポチ、正月に帰った時、盛大に迎えてくれた多くの友人たち、高校時代からの付き合いで会えば必ずひと時をホテルで過ごす、左ほほに可愛いえくぼのある泰代、そして雄二の最大の理解者で朝に夕に仏壇に向かって無事を祈ってくれている祖母、いつも難しそうな顔をして近寄りがたい父、まるで子供の様に天真爛漫でそのくせ口やかましい母、家族みんなから将来を嘱望されている2歳年上の兄、そしてこの学校に同期で入学し、あまりの過酷さに去っていってしまった仲の良かった7人の仲間たち、それらの人たちの笑顔が、動作が、夢のような時の中で動き回っており、自分だけ1人、ポツンと輪からはみ出ている寂しさがあった。

「そうだ、5月の連休に帰ってみよう」

大きな声で独り言を言い、起き上がると、かなり流されてしまった和船の櫓をとり学校の桟橋に向けて漕ぎ始めた。

ゴールデンウィークの初日に当たるその日、羽田空港のコンコースはこれから始まるそれぞれの旅に想いを抱いた人たちで溢れ返っていた。

その一角に異様な人だかりがあった。

若い男女が40人程は居ただろうか。わんわんとした音の塊がそこから3重にも4重にもなって、響いてきている。そしてその中心に真っ黒に日焼けし、胸板の厚さがスーツの上からはっきりとわかるほどの体躯の雄二が、白い歯を見せてにこやかに立っていた。

小学校時代からの友人で、今も親しくしている安藤が雄二のそばに立って大声で何か話している。多分これから飲みに行こうとでもいうのだろう。「おー」というような雄たけびに似た歓声が聞こえた。5月の連休には帰るという雄二からの連絡を受けて、雄二の父親と母親は車で羽田まで迎えに来ていたが、あまりにも多くの友人たちに囲まれ一段と逞しくなった雄二を見て、そばに寄れないまま、声もかけずにそっと引き返した。


卒業式当日帽子が乱舞する数時間前の事である。

雄二が海上保安学校という特殊な学校を卒業する晴れ姿を一目見ようと、父親が運転する車で横浜を前日に出発し高速道路をひた走って今、母親と2人、卒業生がパレードをしてくるという校内道路脇の暑い秋の日差しの中に佇み、額の汗をハンカチで拭いながら卒業生の行進を待っていた。

やがて行進曲のマーチが聞こえ、夏のクリーム色の海上保安官の制服を着た卒業生が一糸乱れぬ歩調で行進してきた。

父親の晃は首からぶら下げた、高倍率の望遠レンズを付けた一眼レフカメラのファインダーをのぞきこんで、息子の晴れ姿をフィルムに収めようと行進する列の卒業生たちをしきりに捜したが、きりりとした制服制帽で同じように日焼けした若者たちの中に雄二を見出すことができないでいた。

「お父さん、写真は撮れた？」

母親の富子の声に、

「いや、どこにいるのか判らない」

「一番前で、旗を持っている人の隣にいたわよ。旗の両側にひとりずつ居た人の向かって左側が雄二よ」

そう聞いた晃は大急ぎで駆け出し、行進も間もなく終わりに近づいている隊列の前へ出ると、保安庁の旗の隣で他の人たちと違い、帯剣を帯びている姿の雄二に向けて夢中でカメラのシャッターを切った。

卒業生の隊列は、晃が写真を撮り終わるのを待っていたかのように講堂の中に吸い込まれていった。

式典が催される保安学校の広い講堂の、座面の硬い折り畳み椅子に並んで腰掛けた晃と富子の目は、まるで優雅な踊りを舞う様にしながら入場してくる雄二の姿をとらえた。

手足を大きく動かし、中央の先頭を進む海上保安庁の旗を脇で守って入場してきた雄二の姿を、晃はカメラを向けるのも忘れ、富子はハンカチで目頭を押さえながらも瞼にその姿を焼き付けるように眺めていた。

巡視船『うらが』

友田雄二は巡視船の便所をせっせと掃除していた。

雄二が横浜保安部に着任の挨拶をすると、すでに雄二の勤務場所は決まっていた。

第3管区所属の巡視船『うらが』の機関士補として乗船せよと言う。

「期間は約2年の予定、次回の出航は3日後であり、1回の航海は10日間程度の予定である。

それまでは自宅で待機してよろしい。

3日後の朝9時に横浜保安部に出勤する事。　以上」

申し渡された雄二はその晩久しぶりに、横須賀に住む泰代に電話をした。

長い間泰代の携帯電話から受信音が流れているようだったが、泰代は全く電話に出る気配が無かった。

雄二は仕方なく、泰代の自宅の電話番号をプッシュした。

今度は2、3回のコールですぐに相手先が出た。

穏やかな女性の声である。

「今晩は、私、高校で同期だった友田と申しますが、泰代さんいらっしゃいますか」

「やすよ〜、友田さんとおっしゃる方からお電話よ〜」

受話器の向こうで泰代を呼ぶ声が遠く聞こえる。

「お待たせしました」

泰代の屈託のない、いつもの明るい声が電話口に出た。

「今晩は、暫く。

久しぶりだからどうしているかと思って電話したんだ」

「えっ、友田君？　何時帰ってきたの」

「今日帰ってきたんだ。明々後日まで時間が空いたんだけど、明日逢わないか」

「そうねえ、久しぶりに逢いたいし、いいわよ」


翌日、雄二は約束時間の30分ほど前に、まちあわせ場所の横浜駅西口に出かけてみると、そこには泰代が眩い日差しの中で白いワンピースの裾を風にひらひらさせて待っていた。

高校時代の3年間、お互いに好意を持っていた2人は、周りからも羨望の眼で見られるほどの仲むつまじさで付き合っていたが、社会人として成長した久しぶりに見る泰代は何故か光って見えた。


「やあ、暫くだね」

「帰ってくるなら連絡してくれれば迎えに行ったのに」

「ごめん。なんだかんだといろいろ忙しくてさ」

他愛のない話をしながら、ガラス張りの、明るく小綺麗なレストランへ入った。

中は冷房が効いて程よく冷えており、初秋の暑い西日を浴びていた2人には快適に思えた。

それぞれ食事を注文し、食べ始めたが何だか2人とも妙によそよそしく、美味しいはずの食事も味気なく感じた。

雄二は、頻繁に手紙のやりとりをしていたにもかかわらず半年間会わなかった内に、こんなにもお互いの距離が離れてしまったのが不思議でならなかった。

「ねえ、今晩は帰らなくてもいいんだろう？」

食事を終えてレストランを出た2人はゆったりとした足取りで歩きながら、少し怒ったような口調で雄二が言った。

一瞬『びく！』としたような表情を見せた泰代は、

「ごめんなさい」

そう言うと、ご馳走様でしたと小声で言いながら、人混みの中へ走っていった。

雄二は呆けた様な顔で泰代の走り去るのを見ていたが、やがて踵を返して歩き出し、ビルの地下にある一軒のショットバーに入っていった。

その晩雄二は荒れた。バーテンダーの、

「もうやめたほうがいい」

という言葉も雄二の耳には入らなかった。

真っ白な船体の前の方に濃紺色で、Sの字を横にしたようなマークが入り、反対に濃紺色の煙突には、鮮やかな白色で海上保安庁のシンボルマークであるコンパスが描かれた巡視船『うらが』は、横浜海上保安部前のバースに接岸していた。

太平洋の荒波を鮮やかに切って航行する、海上保安庁第3管区横浜海上保安部所属の旗艦である。

『はやたか』という愛称の、ベル212ヘリコプター1機を搭載する『うらが』は、総トン数3232トン、全長105m、幅15mのつがる型巡視船で、当時の海上保安庁所有の巡視船の中では大型の部類に入っていた。だがその船が地球上で一番広い太平洋の上ではまるで白いゴマ粒の様に翻弄されている。

　横浜港を出港してしばらくは、出港時の忙しさに紛れ、また東京湾内でのゆっくりした航行のおかげで、巡視船の機関の振動を快くさえ感じていた雄二だが、船が右手に観音崎の灯台を過ぎ、いよいよ外洋に出ると機関は本格的にうなりを上げはじめ、どしん、どしんと波頭が船腹を叩き始めた。

　下を向いて便所掃除をしていた雄二はとうとうこらえきれず、今自分が掃除したばかりの便器に頭を突っ込んで激しく嘔吐した。

　舞鶴の学校にいたときにも何十回と練習船で航海をし、時化の続く冬の日本海へも数多くの演習航海に出たが、やはり日本海と太平洋とでは波の質が違うようだ。などと考えながらも次から次へと胃の腑を突き上げる苦い感覚にさいなまれていた。

　雄二が高校1年生の時、16歳になった同級生達の多くは、学校が禁止しているにもかかわらず競って2輪車の運転免許証を取得し、これ見よがしに学校で自慢しあっていた。

　11月生まれの雄二は夏休みに運転教習所へ通い、11月の誕生日と同時に自動2輪車の運転免許を取得するつもりで、そのことを父親に話し了解を求めた。

第1次ベビーブームの初期に生まれた父親の晃は、戦後ものすごい勢いで発展を続けていたモータリゼーションの申し子の様な男で、若い頃は『陸王』という大型のオートバイにまたがり、背中にどくろの絵を描いた革ジャンパーをきて、世間からはカミナリ族などと呼ばれ、銀座4丁目を疾走する姿がアサヒグラフの表紙を飾ったこともあったと、雄二は聞いていた。

そんな事なら、自分にも理解があるだろう、という雄二の考えは甘かった。

父親の返事は「ノー」だった。

「学校で禁止されているものを取得することはない」

「でもみんなが持っているし、どうしても欲しいんだ」

暫く考えていた父親は雄二が思いも付かないことを言い出した。

「そんなに運転免許が欲しいなら船の操縦免許を取得したらどうだ。まさかこれは学校で禁止されていることも無いだろう。

それに4級小型船舶操縦士の免許は、満15歳9か月から試験を受けられるから、それが良いんじゃあないか？」

そんなこともあって高校1年生の夏休みに、今まで貯めてあったお年玉をつぎ込みボートスクールに通って、16歳になる前には4級の小型船舶操縦士の免許証を手に入れたのだった。

雄二は様々なヨットの専門雑誌を買い込んできてはクルー募集の記事に目を走らせ、横浜市民ハーバーを本拠地にしている42フィート（約12・6ｍ）の大型外洋セーリングクルーザーの最年少クルーとして、横浜市内で歯科診療所を営むオーナーから乗船を許可された。雄二にとって初めての経験であり、未知の事が次々と分かってくると益々、海の魅力とヨットの操船にのめりこんでいった。

彼は暇さえ有れば雨の日も大風の日も横浜市民ハーバーへ通い詰め、日本のヨット界でもかなり名の知れたベテランクルーにかわいがられ、航海のいろはを仕込まれた。

こうして高校時代の3年間を海の上で過ごしたのである。

ある日、あまりにヨットに入れ込みすぎている雄二を見かね、母親が雄二に聞いたことがあった。

「風の強いときも横浜のハーバーへ出かけているけど、ヨットってどんな天気でも走れるの」

「それはそうだよ。ヨットだからね。

でもお母さん、海に出ない時でもラジオを聴きながら天気図を描いたり、ヨットの中を掃除したり、料理を作ったりといろいろとすることがあるんだよ」

そんな雄二なので普通の人よりは海に慣れている筈であったが、この巡視船『うらが』の場合はどうも勝手が違っていた。

外洋型のセーリングクルーザーの、ゆったりとしたローリング（横揺れ）、ピッチング（縦揺れ）もかなりの船酔いを招いたものだったが、巡視船のそれはセーリングクルーザーなどという半端なものではなかった。

何しろ3階建てのビルほどはあろうかと思えるほどの太平洋の大きなうねりの中に、船首を突っ込んでいく。そして船首から3分の1ほどがその波の中に入ったまま走るのである。

そんな状況の中でも、乗員は粛々と仕事をこなしており、雄二を含めた3人の新人だけが青い顔をして時々便所へ駆け込み、胃の中を空にしながら、ユラユラと幽霊の様に作業らしき事をしていくのである。

第3管区横浜保安本部所属の巡視船PLH04『うらが』は横浜を母港とし、東京から約1000km離れた小笠原諸島父島の二見港を第2母港とする、1980年3月5日に日立造船舞鶴造船所で竣工されたつがる型巡視船であり、読者もよく知る初代南極観測船である砕氷船『そうや』の準同型後続船として建造された。

姉妹船には『つがる』をはじめ『おおすみ』『ざおう』『えちご』など9隻がある。

総トン数は3221トン、満水排水量4037トン、全長105・4m、幅14・6mで2基2軸1万5600馬力のディーゼルエンジンを搭載しており、航続距離は地球の4分の1の約6000浬（1万1112km）、最高速で約23ノット（約43km／h）を出すことができる。

乗船定員69名、エルコン35㎜単装機関砲1門、JM61‐M20㎜多銃身機関砲1門の火器を備えており、そしてベル212型中型ヘリコプターを1機搭載して、大規模な警備救難活動が発生したときは、指揮船として活躍する能力を備えている。

（注）巡視船「うらが」は1997年3月24日、第3管区での任務を終え鹿児島に本

部を置く第10管区へ転籍となり、その船名も『はやと』として現役で海上警備の任についていたが、その後退役し現在海外で第3の余生を送っている。

「おいボットム、飯だぞ」

ボットムとはボトル（瓶）の底の事で、ちなみに船の一番下にある水垢を抜く栓をボットムプラグと呼ぶ。

雄二達新人3人は今のところ一番下の階級、糸のように細い金色の袖章1本の三等海上保安士であり、作業服、作業帽をかぶって船酔いの身体で船内をユラユラしながらも、与えられた仕事をただ黙ってこなす事からこう呼ばれていた。

母港横浜を出港してから、3日目の朝食になる頃には船のゆれにもだいぶ慣れてきた。というよりいやおうなく慣らされたと言って良いだろう。それはどんなに船酔いしても、仕事をしないで寝ているという訳にはいかなかったからなのである。

そして、船内の厨房で栄養のバランスを考えて丁寧に作ってくれている朝、昼、晩、プラス夜食をきちんと食べなければ身体が持たないほど、過酷な労働である。

仕事は3時間おきにワッチとスタンバイを交替で行っていた。

ワッチとは作業のことであり、スタンバイとは緊急時への対応をとりながら休憩するという体制のことであるので、いったん緊急事態が発生すれば休憩はなくなるのだ。

機関士補の雄二の仕事場は船の底の方にある機関室であり、小さな円い窓がついてはいるがそのほとんどが海面すれすれで、海上が荒れている時などには海面下になることもあった。

海上保安学校に入った当初、雄二は航海士を志願していた。

高校時代にヨットを経験した彼は、ベテランヨットマンとの話の中で、将来的にヨットに乗るのなら日本を代表するスキッパー（艇長）になって、『にっぽん号』で世界のヨット大会に出たいものだ。などと思っていたのである。

しかし保安学校の検査で、近眼である彼は航海士、そして船長というコースは無理だと言う事がわかり、機関士へと方向転換したのであった。

新人の雄二は、先輩の首席機関士である吉永とコンビを組んでおり、ワッチの3時間は首席機関士の指示・指導の下に勉強中といったところなのだ。

そしてスタンバイの3時間は、何か事件・事故がない場合は、自分の寝台で体を休めたり仮眠を取ったりするのであるがゆれる船の中で、しかも小さな寝台での就寝はほとんどできないといってもよかった。

スタンバイの時間に自分のベッドに入り、目を閉じるといろいろなことが想い出された。

そして決まって想い出すのは優しかった祖母の笑顔だった。

舞鶴に来てから4か月経った2月の初めの金曜日、苦しく辛い訓練に耐えられず、懐かしい友人達に逢いたくなった雄二は、前後の見境もなく衝動的に外出届を出すと夜行列車に飛び乗り横浜に帰って行った。

何も知らない家族は、大歓迎して彼を迎えたが、苦しい、辛い、寂しい思いを家族に打ち明ける事が出来なかった雄二は、友人と飲みに行くことで憂さを晴らし日曜日の夜行で又舞鶴に帰っていったのである。その時、祖母だけが雄二の心の中を見透かすように親身になって話を聴いてくれ心配してくれたのだった。

それからひと月後、どんな時でも雄二の味方でいてくれた祖母の訃報が舞鶴に届いた。

雄二は教官に訳を話し許可をもらうとすぐに飛行機に飛び乗った。

大好きだった祖母、かわいがってくれた祖母は穏やかに目を閉じて白木の棺の中から、

「雄二、がんばれ」

と、言っているようだった。

雄二は海上保安庁の制服を着て、白い手袋をはめ、正座したまま身じろぎもせずに出棺までの２日間を棺とともに過ごした。

幼稚園まで迎えに来てくれ、その帰りがけにある公園で夕方まで遊んでくれたこと、幼稚園に上がる前には、近所を走る巡回ルートのバスに何時までも乗せてくれたこと。懐かしい思い出が頭の中をグルグルと駆け回った。

祖母の葬儀が済んで、家族が祖母の思い出話をしている時、雄二１人は舞鶴に戻らなければならなかった。

自宅の玄関で、１人靴を履き、みんなからの「じゃあ頑張れよ」の声を聞くと急に

寂しさが込み上げてきた。

（みんなと一緒にもっとここに居たい）

しかし雄二にはここに留まることは許されなかった。

雄二が玄関から出ていくとき母親の富子は、

「かわいそうに」

そう言う祖母の声を聴いたような気がした。

それから3日後の昼頃であった。

やっと葬儀の後片付も終わり、そろそろ昼食をと思っていた矢先、雄二の自宅の居間の電話が鳴った。

雄二のいる舞鶴の海上保安学校からである。

「このたびは……」

　雄二の担当教官は丁重な弔辞を述べた後、電話口に出た富子に言った。


「ところで、もう葬儀はお済みになりましたでしょうか」

「はい、おかげさまでありがとうございました」

「それで友田君は今どうしておられますか」

「はあ、雄二は3日前に夜行でそちらに帰ったはずでございますが」

「いや、それがまだ帰校いたしておりませんので」

「え！　そんなことはないと思いますが」

「いえ、確かにこちらにはまだ帰ってきておりません。

　恐れ入りますが、立ち寄り先の心当たりなどありましたら、お教えいただけますでしょうか」

「いえ、私どもですぐ捜してご連絡いたします」

「よろしくお願いします。制服制帽で身分証も持って出ていますので、犯罪に巻き込まれた可能性もありますから、くれぐれもよろしくお願いします」

富子はすぐに父親である晃に連絡を取ると同時に、雄二の小学校時代からの友人である安籐にも訳を話して、雄二の行き先に心当たりがないかを尋ねてみた。

「おばさん、大丈夫だから心配しないでください。僕が知ってる限りの友達を動員して捜しますから」

夕方、晃も早々に退社してきた。

夫婦は雄二の行きそうなあらゆる所へ連絡を取り、雄二のことを聞いてみたがその行方は全く分からなかった。

どうしたらいいのか困っていた友田夫婦のもとに安藤から電話が入った。

「安藤です、雄二が見つかりました」

「どこにいたんです」

「おばさんが知らない友達のところへ潜り込んでいました。でも、ゆっくり話して学校に帰るように言いましたから、今頃その友達に連れられて駅に行っていると思いますよ。

今夜の夜行に乗って、明日の朝には学校に着いていますよ」

「安藤君、ありがとう」

「なにかあったら、いつでも言ってください。今度また遊びに行きますから、おいしいものを食べさせて下さい。

そうだなあ、おばさんの作ったけんちん汁がいいな。あれはすごくうまいから……。じゃあ、お休みなさい」

何事もなかったかのようないつもの屈託のない声で、笑いながら安藤は電話を切った。

「雄二も我々が知らないうちに多くのいい友達を持っているんだな」

晃はそう言うと、舞鶴の保安学校に電話を入れて担当の教官を呼び出している。

富子はどうしても涙が流れ出すのを止めることができなかった。

巡視船内の食堂のテーブルに載った、自分のトレーの上のみそ汁の椀がだんだんと傾いていく。

その傾いていく椀に、6分目程入ったみそ汁の表面を横目で見つめ、あと少しと思いながら雄二は丼に入ったご飯を食べている。

いよいよみそ汁が椀からこぼれそうになる次の瞬間、箸を持ったままの雄二の右手が素早く、みそ汁の椀を持ち上げ口に運んでいる。

左手は丼を持ったままで小指の付け根でトレーを押さえていた。

食堂は閑散としており、スタンバイに入っている先輩達が談笑しながら同じように食事をしていた。

だが雄二の同期の姿はそこには無かった。

「川崎さん、岡本はスタンバイじゃあないんですか」

雄二は航海士補の、同期の事を先輩に尋ねてみた。

「ああ、岡本は青い顔をしてベッドに転がっているよ。飯どころじゃあないらしい」

川崎と呼ばれたその航海士は笑いながら答えてくれた。

「それにしても、友田は強いなあ」

川崎二等航海士はそう言いながらお茶を飲み干すと、トレーを返却口に返して、

「ごちそうさま」

と、食堂を出て行った。

午前5時、ワッチを終えた雄二が左舷甲板に出てみると、10月というのに甲板には暑いほどの陽光が輝き、コバルトブルーの海が果てしなく行く手に広がっており、左舷側には手の届きそうな処に島が見えている。

雄二は一度自分の居室に戻りベッド脇に貼った海図を眺めてみた。

（聟島だ！）

雄二は慌ててまた左舷デッキに飛び出した。

初めて見る小笠原の聟島は想像していたより遥かに大きく、前方には嫁島が遠くかすんで見えており弟島までもが見えていた。

小笠原・父島

雄二が左舷甲板で、近づいては遠のいていく小笠原諸島の島々を飽きずに眺めて3時間近くも経ったころだろうか。

船内にブザーの音が鳴り響き、

「まもなく二見港に入るので全員着岸の準備をせよ」

指示がスピーカーから流れてきた。

雄二が慌てて持ち場に着くころ、巡視船『うらが』はゆっくりと小笠原父島の烏帽子岩南端を回り大村湾に入っていった。

普段は東京〜小笠原間を定期就航している「小笠原丸」の着岸地点付近に、かなりの数の島民が出迎えに来ており、その島民達の中に突っ込む様な形で巡視船『うらが』は着岸した。

雄二は早く上陸したい気持ちを抑えて、着岸後の作業をこなし、やっと東京都小笠原村父島に降り立った。

長い時間船上にいたからだろうか、ふらつく足をしっかりと踏ん張って、出迎えた人々の中に入っていき第3管区小笠原保安署の署員達1人1人に挨拶して廻った。

小笠原保安署は湾を挟んで二見港の奥の方に有る、瀟洒な白い建物であった。小さなコンクリート造りの門を入ると右手にはバナナなどの熱帯植物が植えられており、正面の玄関入り口の右側奥に執務室があった。

雄二達『うらが』の乗組員はこの保安署で3日間待機するのである。東京から1000km離れた亜熱帯の島で、雄二はその晩泥のように眠った。

翌朝起こされて目覚めると、時計はもう7時半を廻っていた。

急いで、出された朝食を平らげていると交替勤務の署員が出勤してきた。

この保安署では海難防止安全指導、海難事故救援、海洋環境保全、外国漁船取締り、その他を主業務として少ない人数で24時間、間断なく業務を行っているのである。

今日は特別に、雄二たち新人に島を見学させてくれるという非番の署員の1人が、自家用の軽自動車で迎えにきてくれた。巡視船『うらが』の新米の海上保安官3人は、この軽自動車に乗り込み珍しい景色にキョロキョロしている。

小笠原父島の広さは東京都千代田区の2倍ほどの24平方kmでありその周囲は約52kmである。

島には固有の植物、動物が生息しており、これらの島外持ち出しに目を光らせるのも、保安署職員の仕事だそうだ。

何しろ本土から遠く離れた場所だけに、警察、消防、入国管理事務所、海上保安署、そして漁協までが一体となり協力しあって人数の不足を補っているという。

3人を乗せた自動車は、まず二見港近くの海洋センターに向かった。ここには小笠原の海に棲む魚やサンゴなどの標本が展示されており、屋外には、50匹はいるであろうか、直径3cmほどの真っ黒い甲羅をした、ウミガメの赤ちゃんがまるでゼンマイ仕掛けの玩具のようにかわいらしく、少しだけ水の張ってあるプールの中を動き回っていた。

また、この島にはアメリカ軍の戦闘機の残骸が散らばっていたり、朽ちた山砲が置き去りになっていたり、壕の中から真っ赤に錆びた高角砲が不気味に砲口を覗かせていたりと、雄二の生まれるずっと以前の、それでも話だけは何度も聞かされている第二次世界大戦の爪痕がくっきり残されており、綺麗な夕日を見ることが出来るというトーチカに入った時など、何だか二の腕が粟立つほどに背筋に寒さを感じたほどであった。

夜になると新人3人の歓迎会と称して、表通りから1本奥に入った、なにやら細い道を行った処の居酒屋へ連れて行かれた。さほど大きくない店内はどことなく南国風で、雄二は昨日初めてこの島に上陸したときに感じた「ハワイの風」(彼はハワイなど行った事はないが)がこの酒場にも吹いている様な気がした。

ここで雄二は、生まれて初めてウミガメの刺身というものを食べた。ガラスの深皿にクラッシュアイスが一面に盛られており、その上に馬刺の様な肉がのっている。先輩達に勧められて一切れつまみ上げてみた肉は、大分高価なものらしくクラッシュアイスの上には1枚1枚が綺麗に並べられている。

おろし生姜を溶かした醤油をつけておそるおそる口の中に入れてみた。

「?・?・?・?・?・」

ほとんど味がしない。

何となく馬の肉の様な、鹿の肉のような歯ごたえではある。

そのことを口にすると、

「馬鹿か？」


と、大笑いをされた。

大いに飲んだあと、小腹がすいたろうと島寿司を注文してくれた。

これがまた雄二にとっては不思議な食べ物で、後で知ったことだがこの小笠原や沖縄などの亜熱帯の島では至極普通の食べ物らしい。

たぶんカジキマグロと思うが、これを軽く醤油漬けにしたものが握った飯の上にのっており、一見普通のにぎり寿司だが、飯とネタの間に入っているのが、ワサビではなく黄色い和カラシなのだ。

口の中にいれた雄二は和カラシ独特のあの辛さと、慣れない寿司を食べた驚きで言葉を失った。

巡視船『うらが』は多くの島民達に見送られ、小笠原父島を離岸して海上警備を行いながら母港横浜へと針路をとっていた。

船は湾を出た途端、猛烈な時化に出会っていた。何しろ船内の細い廊下をまっすぐに歩けないほどで、特に新人達は手摺に摑まってよたよた歩くしかなかった。

船内の浴室で頭を洗っていた雄二は座っていた小さな椅子から仰向けに投げ出され、頭にシャンプーの泡をつけたまま浴室の床に尻餅をついた。浴槽の湯は大きく波打って縁からザバザバとこぼれ落ちている。

左手でしっかりと手摺をつかみ、右手で素早く泡を洗い流すと、尻餅をつかないように注意しながら浴槽に身体を沈めた。

その時、大きなうねりの中で雄二は、折角苦労して洗った頭に浴槽の湯を被ったのである。

やっとの思いで浴室から出た雄二に、川崎航海士が声をかけてきた。

「友田、お前この船の中に亀の肉を持ち込んでいないだろうな」

「いいえ、持ち込んでいません」

雄二は嘘を吐いた。

本当は珍しい亀の肉を父親にと思い、ウミガメの缶詰を土産に買ってきたのだった。

「そうか？　別に持ち込んではいかんという規則はないが……ともかくどういう訳か知らないが、亀の肉を船内に持ち込むと決まって海が荒れるんだよ」

川崎航海士は（本当は持ち込んだろう）と言いたげな顔でニヤニヤ笑いながら、操舵室へ上っていった。

1週間ぶりに横浜港に帰り着いた雄二は、上陸するとすぐに携帯電話を取りだし泰代へ電話した。

しかし呼び出し音ばかりで泰代が電話に出る様子は無かった。

何度もかけ直した雄二は、未練がましく舌打ちして泰代への電話を諦め、ちらっと腕時計を見たあと、今度は小学校時代からの親友である安藤仁志の番号をプッシュした。

二度ほどの呼び出し音のあとで、人なつこい安藤のいつもの明るい声が受話器から聞こえてきた。

「ただいま、安藤仁志君は留守にしております。友田雄二君は疲れているので帰って早く寝なさい」

「元気そうだな」


雄二は声に出して笑いながら言った。

「お帰り、しばらくだな」


受話器の中の安藤の声も笑っていた。

雄二が今どこにいるのかを聞いた安藤は、すぐこれから行くから待っていろという。

雄二は桜木町の野毛にある安藤も知っている行きつけの中華料理屋の名前を教えた。

キープしてあった芋焼酎のボトルを出して貰った雄二が、焼き餃子をつつき芋焼酎のお湯割りを飲みながら暫くすると、安藤が髪の長い小柄な女性を連れて入ってきた。

「加藤智美さんだ。こいつは俺のポン友の友田」

安藤が1人で来るとばかり思っていた雄二は慌てて立ち上がると、

「友田雄二です。よろしく」

雄二の背後で今まで座っていた椅子が倒れて大きな音を立てた。

急いで椅子を引き起こし腰掛けた雄二に、安藤は底抜けに明るい大声で言った。

「泰代さんも一緒かと思ったのに」

「いや」

「なんだ、喧嘩でもして別れたか?」

無神経な安藤を睨むように横目で見ながら、雄二はコップに注いだばかりの焼酎を一気に飲み干した。

ヨットレース

日本外洋帆船協会の仰木田副理事長は、執務デスクの椅子からじっとテレビの気象情報を見つめていた。
フィリピンの南方海上で発生した熱帯低気圧が、勢力を大きくしながらゆっくりした速度で東北へと進路を取っているからだ。

1992年12月26日、この日は「トーヨコカップ、ジャパン・グアム・ヨットレース」の出航日で12時丁度、出航を知らせる大音量のブザーを合図にレース用として作られたIORクラスが4隻、レース仕様の外洋クルーザーであるIMSの5隻が、小雨の降る寒い中を16mを越えるほどの高いマストにそれぞれのセールを上げ、北西の風を受けて神奈川県三浦市・油壺のハーバーを飛び出していった。

その日、雄二は太平洋上の『うらが』の機関室で首席機関士の吉永から、エンジン補機について、その役割を教えて貰っていた。

デッキの外は真冬の北風が吹き荒れていたが、機関室の中は単調なリズムのディーゼルエンジンの音が響き、暑い位の室温であった。

そろそろワッチの時間も終ろうとしていた時、ヨット遭難の一報が入ってきた。

ジャパン・グアム・ヨットレースに出場中のＩＭＳ型外洋クルーザーから１名が落水したとの知らせである。

機関全速の命を受けて１万５６００馬力のエンジン２基はうなりを上げ始めた。

海上は猛烈な時化であるが、『うらが』は約７ｍ近くも有ろうかと思われるうねりの壁を突き破って進んでいく。

ワッチを終えた雄二は、捜索に加わるため船橋へと上がっていった。船橋の扉を開けると、真っ暗な室内に青白いレーダーの画面がぼんやり見える。そして前方の窓辺になにやら人の気配が有る。が、ともかく暗くて動くことが出来なかった。

「友田雄二、捜索活動に参りました」

「ごくろうさん、捜索の位置に就いて下さい」

雄二は暗闇に慣れ始めた眼で備え付けの機器の位置を確認しながら、手探りを交えておそるおそると窓辺へ寄っていった。

「どーーん」


という音と共に船は激しくピッチングをしている。

雄二は左手で手摺をつかみ右手で双眼鏡をあてて覗き込んで見る。

だが一面黒く見えるだけで何も見えなかった。

双眼鏡を少し上に向けると、『うらが』のサーチライトに照らされて白くしぶいて泡立っている海面と、その上方に空との境がはっきりしない水平線とが見て取れた。

しかしそれも一瞬で大きく船が揺れると、双眼鏡の中の視界は一面黒色になってしまっている。

空が徐々に白みはじめ、周りが見え始めてきたころに遭難の概略が掴めてきた。

第7回ジャパン・グアム・ヨットレースに参戦中のレース仕様の外洋型ヨット『マリンホーク』は、女性1人を含む9人のクルーを乗せてレースをしていた。

だが12月27日15時42分頃、青ヶ島の東方沖を航行中に、現在のGPSに相当する、NNSS（米海軍衛星航法システム）のアンテナにライナーが絡んだため、それを取ろうとしたクルーの石川さんが誤って落水したもので、『マリンホーク』はすぐにすべてのセールを下ろし、機走状態で自己点火灯を点けて捜索したがいまだ発見に至っていない。

という内容のものだった。

28日未明、遭難現場に到着した『うらが』は直ちに落水者に対しての捜索を開始し、ワッチ中の者以外の乗組員全員が、波高6mを超える大時化の中、双眼鏡を片手に眼を血走らせて海面を見つめ続けたのである。

12時5分、『マリンホーク』から連絡が入った。

船酔いのひどい、女性クルーの伊東さんを巡視船に移乗させて欲しいとの要請である。

もともとヨットというのは帆を上げ、風を操って走る船である。それが落水者捜索のため帆を下ろし小さなエンジンで、大時化の中を機走しているので、ピッチングとローリングは想像を絶する程になっていた。

そんな中で船酔いがひどくなった伊東さんは遂に我慢の限界を超えたのだ。

『うらが』からすぐに警救艇が降ろされた。

丁度スタンバイ中の雄二は、同期の新人岡本航海士補や先輩保安官と一緒に警救艇に乗り移った。

警救艇は白く泡立ち吼え狂う海上をまるで飛ぶような速さで「マリンホーク」に近づいていった。

女性クルーの伊東さんは死人のように白い顔をして毛布にくるまって寝そべっており、時折身体を痙攣させてしていた。

雄二らは素早く、そして慎重に要救護者を警救艇に移乗させると、先ほどより速度を抑えながら『うらが』へ戻っていった。

横浜保安部と連絡を取り合っていた『うらが』の船橋では、伊東さんが痙攣を起こしていることから生命の危険を考慮し、横浜港へ帰港することに決定、落水者捜索応援のため現場海域に向かって航行中の第4管区所属のヘリコプター2機搭載の大型巡視船『みずほ』に、後の捜索を頼んで母港へと船首を向けて走り出した。

『みずほ』は『うらが』より約25m長い全長130mで幅も約1m広い15・5mあり、ベル212型の『シーボーイ』という愛称のヘリコプターを2機搭載している。

国際航海が可能な巡視船で、１９９１年3月まで横浜保安部に所属していた新鋭船である。

『うらが』からバトンを受けた『みずほ』は、外洋型ヨット『マリンホーク』の近くで捜索すると同時に監視航行をしていたが、15時頃『マリンホーク』から八丈島までの曳航を要請された。

落水者捜索時のことでもあり、横浜保安部と協議していた『みずほ』は、落水者捜索を近くの海域で応援捜索をしている巡視船3隻に任せ曳航を行うことに決定した。

最大波高６ｍを越える時化の中『みずほ』は、もやい銃を撃ち、ロープを『マリンホーク』に送ることに成功した。

だが強烈な時化でロープが切れてしまい、二度、三度と試みたがことごとくうまくいかなかった。日暮れになりこれ以上のもやい撃ちは危険と判断、曳航を断念しなければならなかった。

『みずほ』は互いの船が接触する危険を避ける為に、１マイル（海マイル換算約１８６０ｍ）ほど距離を取って見守ることになった。

何時間たったであろうか、真っ暗な海上の『マリンホーク』から無線電話を通じて

「異音がするので移乗したい」

と言う連絡が『みずほ』に入った。

しかし荒れ狂う海上でしかも夜間であることから、かなりの危険を伴うため移乗の許可は出せなかったのである。

未明になってから急に、外洋型ヨットの『マリンホーク』が転覆をし、8人の乗員の内6人が船内に閉じこめられた。

また、かろうじて脱出した2人はラダーに掴まって救助を待っていたが、そのうちの1人がついに力尽きて波にさらわれ行方不明となってしまったのである。

さっきまでやっとのように波間に見え隠れしていた『マリンホーク』のマストが全く見えなくなったことから、巡視船『みずほ』は『マリンホーク』が転覆した可能性があると判断し、未明の海上をサーチライトを照らして懸命の捜索をしたが、荒れ狂う波に遮られ、この不幸なヨットを発見することが出来ずにいた。

ジャパン・グアム・ヨットレースで遭難事故発生の報を受けた、羽田に基地を置く海上保安庁第3管区所属の、海における救難のエキスパート集団である特殊救難基地では、夜が白むのを待って所属の双発ジェット機『うみわし』を発進させて事故海域の捜索を始めた。

午前10時頃船底をさらしている『マリンホーク』を発見し、そのラダー（舵）にロープで身体を結え付けている『マリンホーク』の乗組員を見つけて巡視船『みずほ』に位置を連絡。

『みずほ』から下ろされた警救艇がまっしぐらに急行して救助活動を開始したのだが、1人を救助したのみで尊い7人の命が奪われてしまったのであった。


矢田祐樹は今月末のヨットレースに着ていくつもりの防寒用のブルゾンを探して、横浜のスポーツ用品店に来ていた。

その日は12月初旬とは思えないほど陽の光がまぶしく、汗ばむ陽気の日曜日だった。スポーツ店の店長は矢田に、最近流行り始めたばかりの、フリースのブルゾンを勧めていた。それはペットボトルから作った再生品のものではなく、しっかりした厚みをもつポーラテック３０００という素材で作られたフリースのブルゾンで、「暖かく、風もほとんど通さない」というのが店長の言葉であった。

矢田は、少々値は張るが彼の今までの経験から、厳しい冬の海で着るには最適だと判断してこのブルゾンを買い求め、京浜急行に乗って油壺へと急いだ。

油壺のマリーナには、矢田がこれから訪ねていくヨット界の先輩である松井が、新艇と思しきヨットの傍らで大声を出して何かしきりに話していた。

「こんにちは、松井さん」

矢田の声に赤銅色の顔をした松井は振り返った。

「オー、祐ちゃん。よく来てくれたな。さっそく、艇長を紹介するよ」

松井は優しい感じがする一人の男を矢田に紹介した。

「山田さん、こちらがいつも話していた矢田君です。かなりベテランのヨットマンで私が太鼓判を押して推薦しますよ」

艇長の山田と言われた、およそヨットマンには似つかわしくない体格の男は、それまでしていた作業の手を止め矢田のそばにやってきた。

「私がオーナーで艇長の山田です。わざわざ来てくれてありがとうございます。よろしくお願いします」

矢田は12月初旬のこの日、レースに参戦するという『シードラゴン号』と初めて対面した。

しかしどう見ても外洋型のレース艇にしては、バランスのよくない船に思えてならなかった。

（この艇で12月26日のジャパン・グアム・カップに参戦できるのか？）

それに、この時期になってまだ艤装作業をしているのも気になっていた。

やはりベテランヨットマン矢田の予感は的中した。

時間切れで満足のいく装備確認ができないまま、見切り発車をして参戦した『シードラゴン号』はレース途中、小笠原沖で転覆、沈没し必死の捜索の甲斐も無く、矢田を除く5名の命が海の底に消えてしまったのである。

だが『シードラゴン号』のクルーとして乗り込んだ矢田祐樹の消息は、海上保安庁だけでなく、海上自衛隊に応援を頼んでの、航空機、船舶によるしらみつぶしの必死の洋上捜索にも関わらず発見することができなかった。

矢田は約25日間の飢えと寒さの中、新規に購入したポーラテックのフリースのブルゾンを着て、運良く捕らえたカモメを食してたった1人で、転覆した『シードラゴン』に積んであったライフラフト（救命いかだ）で太平洋を漂流し、外国の貨物船に運良く発見されたのである。

衰弱はしてはいたが無事生還し、この遭難がマスコミで大きく取り上げられたことから『マリンホーク』の遭難事故のこともあり、ジャパン・グアム・ヨットレースのあり方に一石を投じるという海難事故であった。

『うらが』の乗員となって2年目、だいぶ仕事にも慣れてきた雄二は、不審船のサンゴの密漁を海上巡視中に発見し、身柄を確保した中国人船長の取り調べを担当することなった。

事のいきさつはこうである。

哨戒中の巡視船『うらが』は鳥島の北方に、

「船籍不明だがサンゴの密漁船らしき30フィート前後の船があるので、現場に急行せよ」

という羽田航空基地所属のジェットターボプロップ機、YS―11からの無線を受電し、同海域に急行した。

密漁中の船は、白い船体に濃紺の横向きの『S』字を船首付近につけ、濃紺地に純白のコンパスが描かれた旗を翻す、巡視船『うらが』を見ると停船命令を無視して猛スピードでジグザグに逃走をはかり、走り回り、その間に密漁したばかりの赤サンゴを海中に投棄していった。

だが、これらの行為は『うらが』から降ろされて追跡を開始した、警救艇からのビデオに収められており、そのビデオ撮影は警救艇の舳先で落水しそうになる身体を足を踏ん張って耐えた、雄二が撮影したものだったのである。

雄二は大学時代に第二外国語に中国語を専攻していた。しかし自治会活動に忙しくまともに授業を受けていなかったので、挨拶程度にしか中国語は理解できなかった。そのためだけではなく、間違いを防ぐ意味もあって通訳を間に入れて、この中国語を話す密漁船船長の取り調べにあたった。

密漁船の船長は雄二の父親と同年配の、人の好さそうな人物であった。ビデオの映像を見せ、密漁船内にわずかに残っていた赤サンゴを突きつけるとあっさりと自白したのではあるが、海上保安官の仕事は犯罪者を逮捕すればそれで終わりというのではない。

この後が大変なのである。

事件を検察庁に書類送検しなければならない。

起訴状作成にはそれなりのルールがあり、日付、場所、名前等、絶対に間違えてはいけないのである。ましてや容疑者の氏名は正確に書かなければならない。

文字を1字でも間違えれば起訴ができず、すべてが水泡に帰すのである。

雄二は海上勤務を終えて自宅に帰ってからも、そばに誰も寄せ付けずに悶え悩んで、書いては消し消しては修正しと初めての起訴状作成に3昼夜かかった。

そして事件発生時から72時間以内に起訴しなければならないという時間との戦いもあり、昼も夜も頭はそのことばかりであった。

目がくぼみ、食事が喉に通らないためやせ細り、やっと出来上がって修正のため先輩に見せに行ったとき、雄二のあまりの変わりように驚いた先輩たちは、改めて彼の責任感の強さを感じたのである。

厳《いづ》原《はら》

長崎県対馬市厳原、厳原はかなり昔から朝鮮半島との貿易が盛んであり、かつては長崎県下県郡厳原町であったものが近隣の地区と合併し現在の町名になった。

この厳原にある厳原港からは韓国釜山へのフェリーが就航している。厳原海上保安部は第7管区海上保安本部に所属しており、全長32m、100トンの巡視船PC21 1『むらくも』をはじめとする7隻の巡視船艇と97名の海上保安官によって、韓国と境を接する国境の海を監視している。

この海域は、ブリを筆頭とする数多くの魚介類の豊富な漁場であり、それがために他国の密漁船が絶えない海域として、気の抜けない保安部でもある。

『うらが』の首席機関士であった吉永は、「うらが」下船後、この厳原保安部に警備救難課長として赴任してきた。

暑い夏の昼下がりのことであった。

巡視船『むらくも』が海域哨戒中に不審船を発見したのである。

40フィートほどの木造船で、今にも沈みそうなほど喫水の下がった老朽船である。

しかし『むらくも』乗組員が不審に思ったのは船名が判別できないからである。故意に読めないようにしてある。

『むらくも』はすぐに臨検をすべく、不審船に対し停船命令を出した。

「こちらは日本海上保安庁巡視船『むらくも』です。貴船は日本の領海に侵入しています。ただちに停船しなさい」

不審船は英語、日本語、韓国語での2回の呼びかけを無視し、全速で海域の離脱を図り始めた。

『むらくも』は再度停船命令を出しながら急ぎ追尾を始めたが不審船は、出力4400馬力ディーゼルエンジン2基2軸搭載の、日本の巡視船からは逃げきれないと知るや急に針路を反転し『むらくも』目掛けて突っ込んできた。

「取舵、いっぱい」

左に急速航路変更してかわそうとしたが回避しきれない。

『むらくも』の右舷にその木造船が当たる鈍い音がした。

「危ない！」

一瞬ひるんだ『むらくも』の乗組員たちも次の瞬間にはその不審船に移乗していた。

さほど激しい抵抗もないまま木造船の船長が現れ、保安官たちの手によってその場で逮捕されたのである。

木造船は取り調べのため、厳原港まで曳航され、警備救難課長である吉永は部下たちに船内をくまなく捜索するように命じた。

その結果、驚くべきことが起こったのであった。

まず、船名が書いてある韓国語の上からグリースをべったりと塗り付けて船名を見えなくしていたのである。そしてベニヤ板を打ち付けた壁の中に1畳ほどの小部屋を作り、中には息をひそめた韓国人が6名も折り重なって居たのであった。

明らかに密入国である。

吉永警備救難課長は密入国ほう助の現行犯で、その場で木造船船長の『パク・ソジョン』に手錠をかけると同時に取り調べを開始するため通訳の同席を要請した。


暑かった夏にも、ようやく涼しさが見え隠れするようになった初秋の午後、夕闇が迫り始めた対馬海峡を国籍不明の小型漁船が東進していた。

発見した哨戒中の巡視船『むらくも』は、ここが日本の領海内であることを知らせ、すぐに領海外に出るよう勧告した。


「こちらは日本の海上保安庁です。ただちに領海外に出なさい」


『むらくも』の乗組員たちは不審船の形から普通の漁船ではないことを見抜いていた。

数回の勧告にも全くの無視を続けていた不審船から、『むらくも』に対していきなりロケット弾が発射された。

びっくりしたのは『むらくも』のほうである。今まで体当たりをされた経験は何度となくあるが、いきなりロケットランチャーを撃ってこられるとは想像もしてなかったのである。

幸いロケット弾は当たらなかったが、『むらくも』の船長、木島からの連絡を受けた第7管区保安本部では、初めての経験で独自に対処することができず、東京の海上保安庁本部に連絡、指示を仰ぐことになった。

その間にも海上の不審船は自動小銃を撃ちまくってきている。

海上保安庁本部では、やはりここも独自の判断が出来かね政府に指示を仰ぐことになり、急遽政府の関係省庁が協議を始める有様であった。吉永はすぐに『むらくも』に、不審船との距離をとりロケットランチャーの射程距離外にように出るようにと指示して様子を見ることにしながらも、はっきりと指示できない自分に腹を立てていた。

またこの事件をマスコミが嗅ぎ付け、テレビ、ラジオで大きく報じテレビなどは現場の状況をライブで画面に流したたため、

「海上保安庁、応戦しろ！」

「ミサイルで沈めてしまえ！」

などといった、巡視船が装備していない火器まで持ち出して叱咤激励する世間の声

までもがあった。

そんな声が巷でどんどんと大きくなっていったのである。

あまりの巷の反応の大きさに、政府もついに重い腰を上げざるを得なくなった。

結論が出た。


「海上保安庁第7管区所属巡視船ＰＣ２２１『むらくも』は国籍、船籍ともに不明の不審船に対しての火器使用を許可する。命令に従わず抵抗する場合は威嚇射撃もやむを得ない」


というものである。

ただちに吉永は、『むらくも』船長の木島に対し、乗組員の安全を確保しながらの応戦を許可した。

しかし乗り組んでいる海上保安官たちの反応は複雑であった。

常に訓練を重ね、射撃の腕にも自信はあったが、それは海上に浮かぶ無機質の標的であり、実際に人間あるいは人間の乗った船に銃口を向けたことがないからで、そうした結果どうなるのか、予想もつかない事であった。

不審船からはひっきりなしに自動小銃弾が撃ち込まれており、『むらくも』の艦橋等が数多く被弾した。

ついに木島船長は射撃開始の命令を下したのである。

艦載のブローニングM2重機関銃（M2 12・7ミリ機関銃）には実弾と曳光弾が装弾され、不審船に向けて轟然と火を噴いた。

曳光弾とは実弾10発に1発程度の割合で装填し光を放って飛ぶ弾丸のことで、これによって飛ぶ弾丸の方向を瞬時に確かめることができ、銃口の方向を修正できるようにしたものである。

巡視船からの応戦は、当初空にむけた威嚇射撃であったが、不審船からの銃撃が激しく、停船にも応じない為ついに不審船の機関部に向けての銃撃となった。

月のない暗闇の海上に、曳光弾が尾を引いて流れ、M2重機関銃の独特の発射音が海上にこだましている。一方、軽やかな自動小銃の連射音が聞こえ、時々、巡視船の操舵室に当たる金属音が響いてきていた。M2重機関銃の銃座で標的を定めていた豊川保安官は今までの経験から、不審船の船首から4分の1程度のところにあると思われる機関部に標準を合わせ、引き金を絞り込んだ。

狙い通りの位置に曳光弾が吸い込まれていった。とみると、次の瞬間、誰もが驚いた。

機関が被弾して不審船は停止する。と思ったとき不審船は大音響を上げて爆破、炎上して沈没したのである。

一瞬の出来事であった。

豊川保安官が狙った場所は不審船程度の大きさの船舶では、通常の場合エンジンの積んである位置であり、今回この不審船はたぶん改造して武器用火薬庫にしてあったものらしい。

テレビの前で固唾を呑んで見守っていた人たちの間からは一斉に喝采の声が上がったが、実際に重機関銃を操作した豊川保安官は、吉永のどんな慰めにも心を癒すことができず、その後、１か月もの間メンタルケアのために入院した程のショックであった。

その後この撃沈をされた木造不審船は引き上げられ、某国の工作船であることが判明した。

現在は横浜海上防災基地内の『海上保安資料館横浜館（工作船展示館）』に展示さ

れており、だれでも無料で見学することができる。

横須賀保安部

海上保安庁第3管区の担当水域は東は茨城県、福島県の県境から南東より少し北側に傾けて引いた線と、静岡県、愛知県の県境から北緯23度30分東経１４０度30分まで線を引き、そこから西側に宮崎沖まで線を引き又、そこから南に線を引いた間の海域を受け持ち、背後には首都圏を背負っているという重要で広大な担当水域を持つ環境の中にある。

本部を横浜に置き、茨城、千葉、銚子、東京、横浜、横須賀、清水、下田の八つの保安部を擁しており、その他東京湾海上保安センター、羽田航空基地、そして羽田特殊救難基地、横浜機動防除基地がある。また各保安部はそれぞれ、日立分室、鹿島保安署、館山分室、船橋分室、木更津保安署、勝浦保安署、小笠原保安署、川崎保安署、湘南マリンパトロールステーション（現在保安署）、伊東マリンステーション、田子の浦分室、御前崎保安署がある。

１９９４年3月、雄二は横須賀保安部に転属となった。

雄二が24歳となった春である。

それと同時に私生活にも変化が出てきた。

今まで通っていた横浜の自宅からは通勤の便が悪いと言って、横須賀市の佐島マリーナ近くに2DKの部屋を借りそこから通勤するようになった。

そして1昨年、親友の安藤と野毛の中華料理屋で飲んだ時安藤が連れてきた加藤智美の紹介で知り合った山本久美と付き合うようになっていた。

久美は静岡県浜松市に生まれ地元の高校を卒業後、1年間専門学校に行き、現在、東京の大手ゼネコンでキャドオペレーターをしている20歳の女性で、瞳の大きな愛くるしい顔立ちをしており、智美とは専門学校での知り合いだという。

身長1m80㎝で体重75kg、肩幅が広く胸板の厚い筋肉質の雄二と並んで歩いていると、雄二の肩ほどの背丈の久美はとても小さく見えた。


雄二は海上保安学校に入る前の2年間は普通の大学生であった。

しかしキャンパスで生活している内、将来に疑問を持ち始め、惰性で大学へ通うようになっていた。

魅力のない、ありきたりの授業を受け、彼女とデートをしても、友人達と夜の町に繰り出しても、何故か満たされなかった。

そしていつも想い出すのは、高校時代の3年間に足繁く横浜のハーバーへ通い、大海原に風を求めてヨットを操った頃の事であった。

そんなとき、母親が新聞に小さく「海上保安学校生募集」の記事が載っているのを見たのである。

だが、いやいやながら受けた試験に合格し、入学してみると非常に厳しい世界だった。

同期の仲間達が次々と脱落していった。

1日に2㎞を泳ぎ、おぼれるかと思うほど過酷な水練、雪が積もったカッターでの真冬の訓練。

夜、寝台に入ると知らず知らずのうちに涙が枕を濡らした。

「絶対に海上保安官になってやる」

くじけそうになる気持ちを何度も奮い立たせた。

そんな中で高校時代から付き合っていた彼女は、遠距離でのつきあいに絶えられず離れていった。

だが幼い頃からの親友が、久しぶりに戻った雄二を迎えてくれた飲み会で、静岡県出身で20歳のおとなしそうな丸顔の女性を紹介してくれたのだった。

久美というその女性は雄二が『うらが』からの航海を終える日には、小さな自動車でいつも横浜港まで迎えに来てくれた。

そしてつきあいが始まったのである。

京浜急行田浦駅から国道16号線を越えて、静かに海風が香る道を雄二は歩いていた。

今日から、巡視船『はたぐも』の乗員として横須賀保安部に転属してきたのである。

ＰＣ75巡視船『はたぐも』は、天皇のお召し艇としての任務も兼任していた先代の船名を継ぎ、世界一と言われる海上交通の難所、浦賀水道航路で航路哨戒を主任務とし海難救助等に活躍していた。

総トン数68トン、全長26ｍ、幅６・３ｍ、速力24ノットの巡視船で、就航１９７６年２月という老朽船を、古武士のような風貌の大垣船長が手足のように操り、東京湾内の不法船に恐れられていた。

『はたぐも』は観音崎灯台を右に見て三浦半島を迂回し相模湾に入った。

多少のうねりはあるが、綺麗な航跡を描いて陸地を見ながら航行している。空は晴れ渡っており、前方に江の島がくっきりと見えていた。今日は江の島のハーバーから出航したヨットが集まっている海域への、哨戒活動である。

色とりどりのセールを張ったヨットが少ない風を何とか取り入れようと、右に左に走り回っている。

操舵室でキャプテンチェアーに座ってパイプをくゆらしていた、大垣船長が何かを見つけたように、

「全速前進、面舵15度」


と一声。

『はたぐも』は一度左にぐっとヒールすると船首を波間から浮かして、集まっているヨットの群れめがけて疾駆していった。同時に、

「左舷15度に水上オートバイの転覆」

大垣船長の潮風で鍛えた野太い声が船内に響き渡る。

ヨットの群れを通り越したその先に、水上オートバイが弧を描いて走っており、足首を水上オートバイとロープで結んだ男性が海面に顔をつけたまま引きずられている。


「機関停止」


機関室でワッチ中の雄二は、すぐにスロットルレバーを機関停止位置に戻す。

水上オートバイの１００ｍほど手前で停止した『はたぐも』からは救命用のゴムボートが下ろされた。

スタンバイしていた乗組員がゴムボートに乗り込み、40馬力の船外機をつけたゴムボートは海面を滑るようにして水上オートバイに近づいていった。

水上オートバイから投げ出された若者が失神しているとの報告をゴムボートから受けた大垣船長は、第3管区本部に対してヘリコプターの発進、応援を要請した。

要救助者がヘリに収容され、横浜方面に飛び去り『はたぐも』が船首を堀越海岸の方へ向けて航行を始めたとき、第3管区保安本部から落水者発生の報が入電された。

場所は平塚、相模川の河口付近という。

巡視船『はたぐも』は再び機関の回転を上げ、マストの上に付いた赤灯を回転させて馬入川河口に向かって波を切り裂いて走り出した。

ワッチを交代し甲板で行く手を凝視していた雄二が、ふと左舷後方を見ると江ノ島保安署の、『はたぐも』よりひとまわり以上小さな巡視艇『うみかぜ』が白波を蹴って飛ぶように走ってくる。

白とグレーのツートンカラーに塗り分けた船体の、マストに赤色回転灯を灯し船尾には日章旗を掲げ、マストの上の海上保安庁を示す紺地に白くコンパスを描いた庁旗は、ちぎれんばかりにはためいている。

巡視艇『うみかぜ』の甲板で作業服を着て前方を見つめていた真っ黒に日焼けした乗員が、雄二を見つけ、こぼれそうな白い歯を見せて鮮やかな敬礼を送ってきた。

晴れ渡った空の下、相模川河口は白く泡立って渦巻いていた。

雄二の乗った巡視船『はたぐも』は河口を望む５００ｍほど沖合に停船し、40馬力の船外機を積んだゴムボートを下ろした。

今度は雄二もウェットスーツを着て双胴型のゴムボートに乗り込み、船外機のエクステンションハンドルを握ってボートを操船し、現場海域の捜索を始めた。

落水者を出した17フィート（約５ｍ）のモーターボートへ接舷し、モーターボートの関係者への事情聴取をしていた巡視艇『うみかぜ』が、事情聴取を終えて雄二の乗ったゴムボートへと近づいてきた。

「おーい友田」

自分の名前を呼ばれた雄二が振り向くと、グレーの巡視艇で手を振っている男がいる。

雄二と同期に保安学校を卒業し、下田の保安部に配属された土屋幸造だ。

「落水者は大原公俊　33歳、河口出口で操船していた秋山光男が面舵をとった際、左舷からの横波を受け、船尾で立ち上がっていた大原が落水したもの。秋山はすぐに落水地点までボートを戻し、落水者捜索に当たったが不明のため、118番通報をした。そういう状況だ」

巡視艇をゴムボートに接近させると、土屋は事務的な口調でそう告げた。

相模川河口の平塚新港には、すでに地元の消防車が数台赤灯を点滅させて停まっており、消防の救助隊がエンジン付きゴムボートにサーフボードを曳航して落水地点を捜索していた。

　空からは、白い機体に赤いラインの入った横浜消防署の防災ヘリ『はまちどり』も捜索に加わっていた。

　そして『はまちどり』よりひとまわり大きな機体で、これも純白の中に鮮やかなライトブルーのラインをあしらい。濃紺色で図案化した「S」の字を浮き上がらせた海上保安庁の救難ヘリ『いぬわし』と、真っ赤な機体の東京消防庁の大型ヘリ『ひばり』も応援捜索の爆音を轟かし始めた。

　たまたま好天に恵まれたゴールデンウィーク期間中だったこともあり、近くには大勢の釣り人達が思い思いに糸を垂れていたが、一体何事が起きたのかと付近は騒然となった。

　雄二の操船するゴムボートは、複雑に積み重なったテトラポットの間を丹念に捜索していった。

　一方、ウェットスーツを着て空気ボンベを背負った平塚消防署のダイバー達も、懸命にテトラポットの隙間を探し回っていた。

　多くの人びとの捜索にもかかわらず、落水者の大原さんは発見出来ず、無情にも夕闇が迫ってきた。

これ以上の捜索は2次災害誘発の危険があると判断した捜索本部は、その日の捜索を中止したのである。

その後江ノ島保安署と平塚消防署の連日の捜索により、1週間後落水者大原さんの遺体がテトラポットの僅かな隙間に挟まっているのが発見され、変わり果てた姿で、毎日岸壁で捜索を見守っていた遺族の元に帰っていった。

結婚、そして……

横浜港に、港内を遊覧する真っ白い船体のスマートな観光船『マリンルージュ』という船が周航している。

山下公園のその乗り場付近に、華やかなドレスを着込んだ若い女性達がたむろしていた。

そしてその華やかな女性達を囲んで黒いフォーマルウェアに身を包んだ若い男たちが、笑顔で互いに冗談を言い合っている。

若者達の集団から少し離れたところに、やはり黒のフォーマルウェアを着た男性や留め袖を着た女性が一団となっていた。

やがて誰からともなく、

「ウォー」

という地響きに似た声が発せられ、ほぼ白色に近い薄いクリーム色の海上保安庁の夏の儀礼服を着た雄二が、日焼けした精悍な顔に照れくさそうな笑みを浮かべてどこからか姿を現した。

胸に花を挿し、どこで借りたのか、大型船の船長にも当たる二等海上保安監の肩章を付けてゆったりと足を運んでくる。

そして少し遅れて係員の女性に裾を持って貰った、真っ白なウェディングドレス姿の久美が、少しはにかんだように歩いてきた。

初秋の柔らかな日差しが降り注ぐ『マリンルージュ』の後部甲板で、自分よりはるかに上の階級の肩章を付けた新郎に驚きながらも、出席者全員の祝福の中で、この港内遊覧船の船長は2人の結婚の成立を宣言した。

同時に、新郎の雄二の意見で海洋汚染にならないように海中で溶解するという、色とりどりの風船が出席者全員の手から放たれ、青い空に吸い込まれていった。

乾杯のシャンパングラスが高々と掲げられ、続いて多くの人たちの温かい祝辞も終わり、テーブルの上にフルコースのフランス料理が並べられている時、窓の外を見ていた来賓の1人が、

「あれッ」

と、大きな声を出した。

みんなが一斉に窓外に眼をやるとそこには、鮮やかな純白の1隻の巡視船がマリンルージュの脇を伴走している。

白い船体の船首部分には『PC75』と大書されその上には『はたぐも』の文字、アルファベットの「S」を図案化したマークの後ろには『JAPAN COAST GUARD』と書かれている。

その甲板上では巡視船『はたぐも』の乗組員たちが横1列に並んで挙手の礼をとっていた。

『マリンルージュ』では結婚式の司会者がこのパフォーマンスにびっくりした顔でマイクに向かい、

「あの……、今、この船の横を新郎が乗船し勤務している、巡視船『はたぐも』が併進しております。

私も長い司会者生活でこのようなことは初めてで、どう紹介してよいかわからないのですが、どうか皆さまも右側窓の外の、新郎の職場である巡視船の雄姿をご覧ください」

来賓からまたまた歓声のどよめきと大きな拍手、カメラのシャッター音が聞こえてきた。

しばらく併進していた「はたぐも」は乗組員たちがそれぞれの持ち場に戻ったとみると、中央マストに赤と白の市松模様の旗と、その下に白地に青枠をあしらい、中央に赤い四角の描かれた旗が揚げられ、単音一声、速度を上げて大きく取舵をとりマリンルージュから離れていった。

「あの旗は『安全な航海を祈る』という意味なんだ」

雄二は久美の耳元でこうつぶやき、巡視船『はたぐも』が、まるで2人の新しい門出の進路を哨戒するかのように併進してくれたことに、大垣船長の心意気を感じたのだった。

その『はたぐも』は白い航跡を残し、ちょうど横浜ベイブリッジの下をくぐるところであった。

「速いな～」

新郎の友人たちであろう、口々にそういいながら、盛んにカメラのシャッターを押していた。

こうして、雄二と久美との新しい生活が始まった。雄二25歳、久美23歳の秋である。

雄二と久美の新婚生活は辻堂にある公務員宿舎から始まった。

辻堂は東海道線の藤沢と茅ヶ崎の間に有る駅で横浜から4つ目であり、一方、雄二の通う横須賀保安部は、横浜から京浜急行線に乗り換えて5駅先の京急田浦駅に有るのだ。

雄二は久美と相談をして中古の軽自動車を購入した。

これで通勤しようというのだ。

この案は暫くはうまくいった。何しろ秋口に結婚をして春までの8～9か月の間は辻堂から横須賀へ抜ける海岸道路は土曜、日曜でない限りスイスイと走れるからだ。

だが春が過ぎて暖かさが増してくると、それに比例するかのように日に日に道路が混雑していき、雄二が新婚生活を送っている公務員宿舎の自宅を出る時刻もだんだんと早くなっていった。

雄二は考え、今度は普通免許でも乗れるミニバイクを購入した。そして夏の、道路が混雑する時期はミニバイク、空いてきたら軽自動車で通勤することにした。

翌年9月、2人の間に女の子が生まれた。

友人や同僚達は「結婚前の子供だろう」とか「ハネムーンベイビー」だとか口さがないものもいたが、2人はこの子を『清海』と名付け、雄二は親バカぶりを如何なく発揮した。

大きな水槽を購入して社宅の下駄箱の上に置き、海水魚を育てるために辻堂の海岸までポリタンクを持って海水を汲みに行ったり、まださほど分かりもしない清海を喜ばせようと、部屋中にクリスマスの点滅ライトを飾り付けたりした。

そして休みの時には遊園地や動物園巡りなどをして、清海と一緒の時間を作ったのであった。

清海が1歳の誕生日を過ぎて二度目の正月を迎えた時の1月末に、雄二に転勤の辞令が下りた。同時に雄二は階級章が細い金筋3本の、警察で云えば巡査部長に相当する一等海上保安士に昇任した。

新しい転勤先は、雄二が海上保安庁に入庁して初めて乗船した、あの巡視船『うらが』の第2母港がある小笠原の父島である。

これは、清海と久美に自分が巡視船『うらが』に乗船して、初めて小笠原に行った時のあの感動を分けてあげたいと思い、また、自然いっぱいの小笠原で伸び伸びと育てたいと願って、雄二が希望して申請していたのである。

小笠原保安署

本当に熱帯の島である。

何から何まで生まれて初めての経験に雄二の妻、久美は戸惑っていた。住居は、二見港から歩いて10分ほどの処にある3階建ての公務員宿舎の2階で、ドアを開けるとすぐ左手に6畳間があり、小さな廊下につながるダイニングキッチンがある。

ダイニングキッチンを挟んで、6畳の和室が2つある3DKが新しい住まいだ。

奥まった6畳の窓を開けると、すぐ目の前に裏山が迫っており、鬱蒼とした木々が生い茂っていた。

1歳の誕生日を過ぎた清海は、かわいい盛りで何に対しても物おじせず、小笠原諸島に居る外来種の「グリーンアノール」というトカゲの様な姿をした爬虫類を素手で捕まえてきてはこれと遊んでいる。

この爬虫類はちょうど人間の笑い声のような声の鳴き声を出し、久美などは気味悪がっているのだ。

小笠原父島は熱帯に属しているようで、海開きをする1月から海水浴をすることができる。

久美は清海を連れて、毎日午前中は二見港そばの内浦の海岸まで散歩に出かけ、清海は浅瀬で波と戯れて真っ黒になって遊ぶことが日課になっていた。

浜には打ち上げられた白いサンゴが一面に敷き詰められており、久美は同じように小笠原に転勤してきた、小学校教師などの家族と一緒にひと時のおしゃべりを楽しみ、清海はその子供たちと仲良く遊ぶのが楽しみでもあった。

昼の弁当を持った雄二は、小笠原へ来てから買った自転車に乗り、二見港の裏側にある保安署に通っていた。

平屋建ての白い建物の周りには、バナナ、マンゴーなど色とりどりの南国の植物が植えられ、広くて整然とした執務室にはさわやかな風が吹き通っていた。

どこまでも澄み切った真っ青な海辺の岸壁には、この保安署の為に作られたという唯一の巡視艇である特殊警救艇『さざんくろす』のその白い船体が波に揺られていた。

雄二の勤務が休みの時には、辻堂時代に購入し、東京・父島間の定期連絡船、小笠原丸に積んで運んできた軽自動車に乗って、島中を走り回り、景色のよい海岸でお弁当を広げ、波打ち際で水遊びに興じた。

小笠原諸島は夏場は台風の通り道である。

雄二が勤務を終えて帰り着き、夕飯を食べて清海を相手に遊んでいた時のことである。雄二の携帯電話の呼び出し音が鳴りだした。

緊急呼び出しだ。

グアムに向かって航行中のフランス人夫婦の操っている外洋型ヨットから、救助要請が出ているという。

台風に巻き込まれ、二見港に緊急避難する途中で、メインマストが折れ航行不能との事であった。

小笠原保安署は署長を入れて5人が交代で勤務にあたっており、このような緊急時には署員全員が対応に当たらなければならない。

雄二は激しい雨の中を、雨がっぱを着こんで、自転車に飛び乗り駆けつけていった。

横殴りの暴風雨のなか、真っ暗な中にひときわ明るく小笠原保安署の建物から明かりがこぼれており、中に人影が動いているのが見えた。

「ご苦労さまです」

「状況はどうなんですか？」

署長の安川に聞いてみた。

「野本！　友田君に説明してやってくれないか」

傍らにあるレーダーからの青白い明かりが野本と呼ばれた保安官の顔を照らしている。

「フランス人夫婦の乗ったヨット『ポンピドー号』が、マストを折って帆走出来なくなったと無線で救助を要請してきたんですが……」

「台風の進路はどうなんですか」

雄二はレーダー画面を睨んでいる野本に聞いてみた。

「父島の西南西、約80㎞の海上で中心気圧946ヘクトパスカル、風速は最大65m程度で、西北西に向かっています」
「かなり厳しい状況ですね」

雄二の言葉に、野本は、

「波高は8m前後です」

その声に、黙って海図を見ていた署長の安川が反応した。

「今、『しきしま』はどこに居る?」
『しきしま』とは全長150m、総トン数は6500トンを誇る海上保安庁最大の巡視船で横浜保安部に所属していた。
「『しきしま』は現在父島の東北東約45㎞です」

若い栗原保安官が答えた。

「う～～～ん、『ポンピドー号』の現在位置は？」

「南西海上約１８００ｍ」

「友田君」

田中署長が雄二に声を掛けた。

「『さざんくろす』を出せるかなあ」

小笠原保安署には『さざんくろす』という全長10ｍの特殊警備救難艇があり、この暴風雨の中で波にもまれながら出番を待っている。

「了解、出します」

雄二のこの一言で遭難ヨットへの対策が決定した。

雄二を含め、栗原、野本の3人はオレンジ色のウェットスーツを着込み、その上からライフジャケットでしっかり装備すると嵐の中を飛び出していった。

高速特殊警備救難艇『さざんくろす』の、200馬力のエンジンがうなりを上げると、白い船体はものすごい勢いで飛び出していった。この船は小笠原保安署に配備するために作られたもので、火器こそ積載していないが180度の傾きからも復元する能力を持ち、ガソリンエンジンのほかにウォータージェットも積んでおり、航続距離は40海里にも及ぶのである。


『ポンピドー号』は南島の南方に居た。

42フィート（13m弱）のきれいな外洋型ヨットの、25m以上もあるマストは、根元から3分の2ほどを残して無残に折れており、大時化の中で機走もままならずに、木の葉のように波に翻弄されていた。

『さざんくろす』から無線で問いかけてみるとフランス人の夫婦は、しきりに感謝していたが怪我も無く元気だという。

まともに立っていられないほどの風波の中、接触しないぎりぎりまで『さざんくろす』を『ポンピドー号』に近づけた雄二たちであったが、手の施しようも無く、差し迫った危険も無いと判断し並走して様子を見ることにした。

午前4時、東の水平線がうっすらとしらみかかってくると、あれほど吹き荒れていた風が収まってきた。

マストが折れたヨットは機走で二見港に入港し、それを守るように伴走していた雄二たちの『さざんくろす』も、保安署に戻っていった。

東の空には、真っ白な積乱雲が湧き上がり、今日も暑い一日であろうことを予感させている。

昨晩の台風が嘘のように、太陽の熱が一面に降り注ぎ、ジリジリと肌を焼く暑さであった。

雄二は汗を滴らしながらペダルを漕いで緩い坂道を上って宿舎に帰ってきた。

「ただいま」

社宅玄関のドアを開けると、

「パパ！」

清海が飛びついてきた。

コーヒーのうまそうな香りと、トーストを焼くにおい、2歳の誕生日が近づいてきた清美は、最近ますますかわいさを増してきており、雄二は清海を抱き上げて、喜ぶ笑顔を見るのが最上の幸せに思えるのだった。

最近、言葉を覚え始め物怖じしないで、愛くるしい仕草とくりくりした黒目がちな瞳で、誰のそばへでも寄っていき話しかける清海は、幼児の少ない父島の大村地区では誰一人として知らないものがいないほどの人気者であった。

大村地区の誰もが、雄二を「海上保安庁の友田さん」ではなく「清海ちゃんのパパ」と呼んでいた。

本土（島の人は内地をこう呼んでいた）から週1回の連絡船小笠原丸に乗って、この島に遊びに来た若い人たち、特に女性たちはこの島の魅力に取り憑かれてしまい、二度・三度と通ううちに島に住みついてしまうというケースが多かった。

彼女たちはダイビングの免許を取って、昼間は海中散歩を満喫し、夜はスナックでアルバイトをして糧を稼ぐという生活を2～3年続けている。

もともと、海が好きで来ており、生活態度も堅実で、明るく楽しく青春を謳歌しているのである。

そういう彼女たちが清海をかわいがってくれ、また、その期待を裏切らないような仕草、態度で愛嬌を振りまく清海は、すっかり小笠原父島の小さなアイドルであった。

こうして雄二一家の父島での生活も慣れてきた頃、久美のお腹に第2子が宿った。

今度は男の子だろうと、雄二は大喜びで久美の身体を気遣い、できれば早いうちにしっかりした医療設備が整っている、島の人たちが言う「内地」に戻った方が良いと勧めたが、雄二の寂しがりな性格を知っている久美は、なかなか首を縦に振らず、ぎりぎりまでこの島に居る覚悟を決めたのであった。


9月に入ったその日、朝から久美は忙しかった。

今日の小笠原丸で雄二の両親が遊びに来るというのだ。

小笠原丸の入港が近づいてきたとき、久美の携帯電話が鳴り出した。入港の臨検のため二見港にいる雄二からである。

雄二の両親は、初孫の清海の顔を見たさに2人で往復10万円もする小笠原丸の乗船券を買って、狭い2等船室に25時間もかけ雑魚寝をしながらやってきた。

父親の晃はこの太平洋の真っただ中にある小笠原父島で、趣味である釣りをやるのを楽しみにして、大きなクーラーボックスと長いロッドケースを肩に担ぎ、カウボーイハット型の麦わら帽子にティアドロップの濃い目のブラウンのサングラスをかけて、颯爽とタラップを下りてきた。

　クリーム色の地に藍色で模様が描かれた沖縄のアロハシャツともいうべき『かりゆし』をはおり、ジーパンにビーチサンダルという格好である。

　一方、母親の富子はといえば薄いブルーのブラウスで白色の細身のパンツを着こなし、足元はスニーカーを履いてはいたが、信一郎同様に大きなサングラスをしている。

　晃と富子は、タラップの上から雄二がタラップの下で下船してくる乗客の容姿や手荷物をそれとなく観察、臨検しているのを素早く認めた。また出迎えの人たちに混ざって大きなお腹をした久美とその腕に抱かれた、髪をポニーテールに結ってピンクのティーシャツを着た清海を見つけた。

　真っ黒に日焼けして何か叫びながら元気に両腕を振っている。

　晃はタラップから地上に降り立った時、傍らにいる雄二には何も言わずにニコッと笑顔で労をねぎらい久美と清海の方に歩いて行った。

　そばでは富子がクリーム色の制服を着た雄二に向かって、

「元気そうね」

などと言葉をかけているが、雄二は素知らぬ顔をしていた。

晃と富子は久美の前でお互いに軽い挨拶をすると、晃は久美の抱いている清海を抱こうと腕を差し伸ばした。が、それまで晃の顔をじっと見ていた清海は突然大声で泣きだしたのである。

これには晃も何と言ってよいか分からず、ただがっくりした表情で腕を引っ込めるしかなかったのである。

「すみません。

ほら、清海、ジィジが抱っこしてくれるって」

久美が恐縮してあやしても、清海はしっかりと久美の腕にしがみついたままである。

「いいよいいよ、しばらく会わなかったからなあ。

そのうち慣れるさ」

「本当にすみません」

それを見て富子が口を開いた。

「そんな怖そうなサングラスなんかかけているからヨ」

そういう富子はもう、今までかけていた大きなサングラスをバッグの中にしまっていたのである。

さすが南国だけあって、9月というのに強烈な陽光が朝から降り注いでいた。両親の初めての父島ということもあって、翌日は雄二も休暇を取り島を案内してくれるという。

港では晃をみて大泣きした清海も、宿舎に帰るころには泣いたことが嘘のように、晃をいつも自分が遊んでいる近くの公園へ引っ張っていき、アメリカカメレオンとも云われるトカゲに似た体形のグリーンアノールを捕まえてきてはしきりに見せたりしてくれていた。

「さて、そろそろ出かけようか」

今日は同僚の車を借りてきたという、5人乗りの4輪駆動車に、浮き輪やマリンシューズ、着替え、水の入ったポリタンク、そして久美が朝から大忙しで作った弁当などを積み込んで宿舎を出発した。

「この車はどうしたの」

助手席に座った晃が声をかけると、

「今朝、保安署の仲間から借りてきたんだよ。

俺の車だと5人は乗れないからね」

「こんな小さな子供が1人増えたって、だれも文句なんか言わないよ」

「そんな訳にはいかないだろ。

何しろこれでも一応国家公務員だし、ここは警視庁の管轄で白バイだって走っているんだから」

ちょうどその時、前方から白バイがやってきた。

その白バイの乗員は雄二の顔を見ると、敬礼をしてきたのである。

それに対して、雄二も軽く会釈したのであった。


「ふ〜む」


晃は社会人として立派に生活している雄二の姿に感慨ひとしおであった。

海洋センターに着いた雄二は晃と富子に説明をしながら、中を案内して回った。

その間、久美は清美と一緒に外の池でアオウミガメを見て遊んでいた。晃は雄二の説明もうわの空で、一時も早く外で清海と遊びたかった。館内を一回りして外へ出ると、ちょうど清美が池のウミガメを覗き込んでいるのが見えた。

近寄ってみると清海は小さな手に、大きな赤い花を持っていた。

「きれいな花だねえ。

なんという花なの」

「ハイビチュユカシュだよ。カメシャンにあげるの」

言いながら、アオウミガメの鼻先にハイビスカスの花を投げ入れた。ウミガメは「がぼ！」と音を出してその花を食べている。

久美が笑いながら、

「私もここへ来て知ったんですが、ウミガメは花も食べるんですよ。やっぱり草食系だからでしょうね」

などと言っている。

晃はまさかウミガメが、ハイビスカスの花を食べるとは思ってもみなかったので、驚きを隠しきれない思いでいた。

雄二はコペペ海岸、ジョン万次郎ビーチ、うおつり海岸、と回って見せてくれた。途中、海岸ではお腹の大きな久美以外は、水着に着替え海に入って、海水を浴びて楽しんだりしたのである。

少し泳いだ晃は、海面から出た肩に異様なほどの熱さを感じ思わず身体をまた、海中に入れたほどであった。

富子も同じことを感じたらしく、海水でタオルを濡らし肩に広げている。

清海は小さなゴーグルをして浮き輪に入り元気にバシャバシャとやっていた。

日傘をさして清海を見ていた久美が突然、

「お父さん、早く上がった方がいいですよ。清美ちゃんも上がりなさい。スコールが来ますよ」

みんなが東屋に避難するかしないかのうちに、ものすごい勢いで雨がたたきつけてきた。

かなり沖の方まで泳いで行っていた雄二は、スコールなど関係ないという感じで、ゆったりと抜き手を切って戻ってきたのである。

話には聞いてはいたが、スコールというものを本格的に体験したことのない晃と富子は、あまりのすさまじい雨の降り方に東屋の中であっけにとられていた。

小笠原、父島には多くのビーチが点在しておりそのほとんどに東屋があり、更衣室やシャワーなどの水道施設が備え付けられていた。

海岸はいわゆる駆け上がりで、足元からすぐに深くなっているが、その透明度は高く、しかもいかにも南国の海という感じに光り輝いている。

仕事の関係で全国を歩き回っている晃ではあるが、この父島の海はどこか沖縄の海と同じような感じであり、遥か１０００㎞の距離を隔てているとはいえ、ここが東京都であることが不思議でさえあった。


翌日、仕事に出かけた雄二を除く晃、富子、久美、そして清海の４人は、前もって雄二が頼んでおいたダイビングショップのモーターボートで、スキューバダイビングに出かけた。

晃は高校時代に数度、湘南の海で潜った経験はあるが、富子と久美にとっては初めてであり、しかも久美は出産が近いということもあって、清海と舟遊びに興じており、結局、晃と富子の２人がウェットスーツに着替えて潜ることになった。

最近太ってきた晃は、フィットするウェットスーツがなく、かなり窮屈な状態で着込んでいた。

それぞれにインストラクターが就いて、晃と富子の海中散歩が始まった。

初めは怖がっていた富子は、２人の子供たちが成人して手が離れたのを機に、近所のプール教室に通って泳ぎを教わっていたせいか、海中に慣れてくると自由に動き回るようになり、サンゴの群生を見て感嘆したり、目の前を泳ぎまわる色彩鮮やかな熱帯の魚の群れを見て楽しんだり、はたまた海中に置き去りにされている沈没船の残骸を見て驚いたりしていた。そしてインストラクターの持つホワイトボードに何か書き込んでインストラクターとの筆談を楽しんでいた。

一方、晃は前日からの風邪気味であったのに加え、サイズの合わない細見のウェットスーツのためかどうしても耳抜きがうまくいかずに、余裕のない状態でのダイビングになってしまっており、十分なエアを残しながらも、リタイアすることにしたのであった。

海上保安庁の友田さんから、

「両親と家族が行くので十分に楽しませてやってほしい」

と、頼まれていたダイビングショップの船長は、余ってしまった時間をどうしようかと考え、ドルフィンウォッチを思いついた。

　船長が久美に相談すると、

「イルカと一緒に泳ぎたい」

と即座に賛成してくれたことで、早速ボートをイルカに会えそうな海域に廻航した。

5分ほどボートを走らせ探し当てたイルカの群れは、人によく慣れていると見え、久美などは身重の身体でイルカの背びれに摑まって、泳ぎまわり、清海でさえもボートに近寄るイルカに触って声を上げて喜んでいた。


　一度宿舎に戻った晃は今度は1人釣竿をもって、自由に使っていいよと、雄二がおいていった自転車にまたがり、ぶらぶらと港に出かけて行った。

　地理不案内な小笠原の父島ではどこに釣具屋があるのかもわからないので、ツールボックスに入れて横浜から持ってきた空針で、釣れた魚を身餌にするつもりであった。

　船着き場の岸壁から覗いてみると、アオリイカが手が届くようなところに群れになって泳いでいるのが見えた。

（しまった、エギを持ってくればよかった）

アオリイカが通り過ぎたと思ったら、今度は長さが50cmほどのアカエイが群れをなして泳いできた。

「かなり魚影が濃いなあ。これなら釣れそうだ」

独り言を言いながらあたりを見渡すと左手奥に、丁度よい釣り座の場所があるのを見つけて、まず短竿にサビキ針で海中へ落とし込んでみた。

すぐに鋭い魚信があり鮮やかな色の熱帯魚のような魚が上がってきた。ポケットから出したフォールディングナイフでその魚をぶつ切りにし、今度は20号ほどの袖針にその身餌をつけて3号の磯竿でたらしてみる。

すぐに「グイ！」という感じの魚信が返ってきた。

すかさず右手で持っていた磯竿を合わせると、重い。かなりの大物である。

こんなにすぐに釣れるとは思っていなかった晃は、乗ってきた自転車にまだ、タモ網を積んだままである。

竿をしならせながら左手でタモ網を取ろうとしたが、自転車の後部に差し込んである タモ網までは距離があった。

目いっぱいに右手を伸ばし、大きく脚を開き、目いっぱいに左手を伸ばしてやっとの思いでタモ網をつかむと、暴れる魚を手繰り寄せていった。


「でかい！」


晃は興奮していた。

見たところ『アカハタ』のようである。

慎重にタモ網を入れて掬い上げ、長さを測ってみると約45㎝ほどあったのだ。

何しろ岸壁でこんな大物のハタを釣り上げるなどということは、京浜地区では考えられないことであった。

その後も、40～50㎝の『アカハタ』を4枚釣り上げ、自転車に乗って意気揚々と宿舎へと帰って行った。

「ただいま」

玄関のドアを開けると、すぐに清海が飛び出してきた。

「ジィジ」

この島へ来たとき怖がって泣いていた、清海はどこへ行ったのかと思うほど明るい声でニコニコしながら迎えに出てくれた。

「お帰りなさい。どうですか、釣れましたか」

清海の後ろから、久美が顔を覗かせた。

「うん、大漁だよ。捌いてやるからね。とりあえず3枚おろしでいいかい?」

クーラーボックスをもってキッチンへ入って行くと、シンクの横にある大きなバットの中に、３枚おろしになった『アカハタ』の切り身が入っていた。

「……」

変な顔をしている晃に気が付いた久美は、

「すみません、さっき上の部屋にいる所長の奥さんが、お父さんたちに食べてもらうようにと、持ってきて下さったので、フライにでもしようと思って……」

「ママ、赤いオチャカナがいっぱいいるよ」

晃が置いたクーラーボックスのふたを開けて中を覗き込んだ清海が、大声を出した。

「本当にすみません」

久美がしきりに恐縮している。

「お父さん、お風呂を沸かしてもらっているから、魚を捌いたら入ってきなさいよ。清海がジィジと一緒に入りたいって、さっきから待っていたのよ。魚は冷凍にしておいて、今度食べてもらえばいいんだから。ねえ、清海」

富子が絶妙に助け舟を出してくれ、気まずくなりそうな雰囲気を救ってくれた。

「よし、そうしよう。清海、ジィジと一緒にお風呂へ入ろうか」

「おふろ、おふろ！」

清海は変な節をつけて歌いながら、踊っていた。

誕生日

久美は晃、富子、清美と連れ立って、雄二が置いていった軽自動車に乗り込み港まで出かけて行った。

父島の港近くに島で1軒しかない、スーパーマーケットに買い出しに出かけた久美は、清海の大好物の南国の果物、パッションフルーツを大量に買い込んだ。

てんぷらにすると美味いこれも南国の特産であり、切るとその切り口が四角になる四角豆を求め、そのほかケーキを作る材料をいろいろと買ってきた。

いちごが好きな清海の為に、ケーキのデコレーションをいちごで飾ってやりたかったが、さすがにこの時期に南国の父島にはいちごは無く、やむを得ずサクランボの缶詰を購入して、ケーキに華やかな飾り付けをした。

この日は清海2歳の誕生日である。

明日は横浜に帰る晃と富子のいる間にと、清海の誕生会を催したのである。

その晩は雄二も一緒になって歌をうたい、ダンスをし、清海が疲れ果てて眠るまで大騒ぎをしたのであった。

夜になって雄二は、晃を誘って港の前の裏路地にあるスナックへ出かけていった。

『清海ちゃんのパパ』の雄二は、時々同僚たちと飲みに出かけると見えて、なかなかの人気である。


「あら、こちら清美ちゃんのジィジさんでしょう？

先日、岸壁で釣りをなさっていましたよねえ。

どうですか、釣れましたか？」


晃の顔を見た、そのスナックに勤めている若い女性が、晃に話しかけてきた。

きっと清海と遊んでいるところを見たのであろう。

晃は清美の外交能力に、ほとほと感心させられたのであった。


小笠原丸が岸壁を離れるまで、久美と清海は岸壁で手を振って、晃、富子との別れを惜しんでくれていた。

ドラが鳴り、父島島民たちの有志による島太鼓の演奏が佳境に入る中で、小笠原丸はゆっくりと岸壁を離れた。

そのあとを追うように、数十隻の漁船やモーターボートが、見送りの島民を満載して追走している。

その中には晃と富子がダイビングをするために雄二がチャーターしてくれたボートも混じっていた。

そのうち、漁船やボートに乗っていた若者たちが、次から次へと海中にダイブして、別れを惜しむパフォーマンスを見せてくれている。

雄二たち海上保安署の職員が、小笠原丸のタラップがあった位置で、こちらを向いて敬礼をしているのが遠目にもはっきりとわかり、それを見た富子の目もうるんでいた。


そして久美は翌週の、小笠原丸の1等船室で清海を連れて、実家である静岡に帰って行き、雄二は急に寂しくなった宿舎でカップラーメンを掻き込み、保安署へ出かけて行った。

朝、昨晩から点け放しになっている雄二の枕もとのパソコンから、

「パパ、おはよう、おっきして」

モニターに清美の顔が映し出され、元気の良い声が外部に繋いだスピーカーから聞こえてきた。


「清美ちゃん、おはよう。早いねえ」

「あのね、清美ちゃんなんかお顔も洗って、もうお口もクチュクチュしたんだからね」

「えらいね」

「じゃあね、ばいばい」

「あのさ……」と続けようとしたとき、モニター画面は妻の久美の笑顔に変わっていた。


「もしもし、早く起きないと遅刻するわよ」

「なんだ、もう少し清美と話そうと思ったのに」

「清美はもう浜松のジィジとテレビを見ているわよ」

雄二は牛乳でパンを胃の中に流し込んで、自転車にまたがり保安署へ出かけた。

「遅いですよ」

野本保安官が『さざんくろす』船上で笑いながら声を掛けた。

「おはよう、ごめん、ごめん」

これから小笠原小学校の水泳練習の警備に出かけるのだ。

この父島に1つしかない小学校にはプールがなく、水泳教室は海でするようで、小笠原保安署はその監視。警備を頼まれていた。

雄二は素早くウェットスーツに着替えると『さざんくろす』に飛び乗った。

「あれ？　友田さんも一緒に泳ぐのですか？」

「ああ、遅れたお詫びに俺も泳ぐよ」

本当は泳いでいる方が楽なのである。『さざんくろす』の船上からの警備は一見楽に見えるが、小笠原の10月はまだ強い日差しで、しかも勤務ともなれば帽子こそ作業帽だが制服を着ていなければならず、暑さとの闘いになることは前回の経験から十分に知っていた。

「よし、行こう」

高速警備救難艇『さざんくろす』はマストの赤い回転灯を灯し、小学生達の待つ小湊の海岸目指して走り出した。

大勢の迎えの人たちでごった返している父島二見港の岸壁に、全長１３１ｍの小笠原丸がその白い船体を横付けにした。

乗降タラップが繋がると、色とりどりの服を着た多くの人たちが、一様にサングラスをかけ、重そうなバッグを持って降りてきた。

出迎えた雄二を見つけた、派手なアロハシャツを着た若い男が大声で雄二を呼びながら、手を振っている。

雄二もそれに応えて軽く手を挙げた。

「遠いなあ、まだ足元がふらふらしているよ」

雄二が小学生の時からの親友である、安藤が雲の上を歩くような足取りで雄二のそばにやってきた。

「お疲れさん、じゃあ行こうか」

「待てよ、まだ荷物を受け取っていないから」

しばらく待つと、モッコの中に入れられた大きな荷物がクレーンでいくつも降ろされ、仕分けの後、番号が呼ばれた。

安藤は、

「あ！　俺だ」

と、駆け出した。

やがて、大声で、

「おーい、友田、車は何処だよう。

こっちへ持ってきてくれ」

周りに居た人たちが、くすくすと振り向いている。

雄二は苦笑いしながら安藤のそばに車を着けた。

大きな荷物である。

「これ、何だ？」

「あー、これは缶ビールだ。お前が1人で寂しいだろうと思って、5ケースも買ってきた。

ほかにお前の好きなバーボンもあるからな。

そうだ、肉もどっさり買ってきたから、今晩は職場の人も呼んで焼肉パーティをやろうぜ。
お前が寂しいから来いなんていったおかげで、大散財だ。1か月分の給料がパーになった」

にこにこしながらそんなことを言う安藤に、ハンドルを握っていた雄二は視界がぼやけ、そっと瞼を拭った。

「おい、暑いから早く出発しろよ。それにしても小さい車だなあ」

安藤はそう言いながら「あはは」、と豪快に笑っている。
その晩は社宅に住む5家族を招いて、駐車場を空け盛大にバーベキューを催した。招かれた5家族はそれぞれに釣りたての魚やら採りたての貝やら、新鮮な野菜などを持ち寄り、飲み物のグラスが行きかい、夜遅くまで盛大な宴会が続いたのであった。
翌朝安藤は、雄二がいつものように自転車に乗って仕事に出かけると、11月というのに水泳パンツを穿き、派手なアロハシャツを着て雄二の軽自動車に乗って父島の探検に出かけて行った。

境浦から扇浦、コペペ海岸を回り、ブタ海岸、ジョンビーチへ抜けてみたが、この軽自動車にはカーナビなど付いていないので、まず連絡船の発着所に行き、父島観光案内図をもらい、それを頼りに出かけたのである。

何処から見る海も、すばらしく光っており、濃紺、青、薄い空色と鮮やかなコントラストを織り成していた。

ジョンビーチで車を止め、海へ入ってみた。

砂交じりの砂利を敷き詰めた海岸はすごい透明度で沖まで続いており、直射日光にさらされた肩は痛いほどの暑さを感じるのであった。

雄二の家の洗面所にぶら下がっていたシュノーケルを着け、海中を覗いて見るとまるで熱帯魚の水槽の中で泳いでいるような錯覚にとらわれた。

赤や黄色や縞模様、大きい魚や小さい魚たちが、群がり、あるいは1匹で悠々と、海面から射す光の縞の中を泳いでいる。

安藤は昔話の浦島太郎を思い出していた。

海岸の東屋にあったシャワーで体の潮を洗い流すと、今度は山側の道を通って帰ることにした。

そして夜、雄二が帰ってくると2人で海岸通りのスナックまで出かけ、痛飲して雄二と2人で肩を抱き合いながらふらふらと戻ってくるのであった。

どこまでも明るいキャラクターで笑いの旋風を巻き起こした安藤は、3日後の小笠原丸で横浜に帰っていき、雄二はまた1人で、朝はパンと牛乳、昼はカップラーメン、そして夜は大村湾近くのスナックで軽く飲み、パスタなどを食べて過ごすという決まったサイクルの生活を続けていた。

寂しく誰も居ない1人だけの正月も明け、3月に入った時、久美と清海が戻ってきた。

清海はハート型をした大きな子供用のサングラスをかけ、キティちゃんの絵が描かれた小さなリュックを背負い、そして久美の腕には丸々とした男の子が抱かれていた。その後ろからはそれぞれ大型のキャリーバックを引いて久美の両親が付いて来ていた。

雄二の家にまたにぎやかな炎が灯ったのである。

弟の誠一郎ができて一段とおませになった清美は、誠一郎をまるで自分の子供の様に可愛がり、どこへ行くときも、何をするときも「せいくん、せいくん」と片時も離れようとしなかった。

「せいくんは私が傍で面倒を見なければ、なんにもできないから大変なのよ」

などと公言し、その仕草にも益々可愛らしさが出てきて小笠原父島、大村地区で評判であった。

もう、この島に来たときに喜んで遊んでいたトカゲのグリーンアノールの事などはすっかり忘れ去ったのである。

東北地震

東京から1000km離れた南海の小笠原父島から、雄二一家が横浜に帰ってきたのは清海が3歳半、弟の誠一郎がやっと1歳になった秋の事であった。

肩章や袖章が太い金筋1本に変わり、警察でいう警部補に当たる三等海上保安正に昇任して、横浜保安本部に転勤した雄二はある日、上司の諸墨次長に呼ばれた。

「友田君、どうだろう、保安大に推薦しようと思うのだが、君は行く気があるかね」

海上保安庁は京都府舞鶴の海上保安学校と、広島県呉市の海上保安大学を併設して持っており、保安大学を卒業すると幹部として将来が嘱望されるのである。

そしてこの保安大は保安学校卒の職員の中からも上司の推薦で編入できる仕組みになっており、諸墨は雄二にこのことを言うのであった。

「はい、大変ありがたいお話ですが、一度妻とも相談してみませんと」

「それはもちろんだ。だが返事は早いほうがいい。今晩にでもよく相談してみてくれないか」

その晩、久美にそのことを話すと
「いい話じゃあない。ぜひ行くべきだわよ。それに給料も上がるんでしょう」

「しかし、まだ誠一郎も小さいし、清海も手が掛かるから、久美1人じゃあ大変だと思うよ」

寂しがり屋の雄二は、また1人で広島の呉での寮生活はしたくないというのが本心であった。

「だって1年でしょう。

大丈夫よ。広島って言っても新幹線で4時間もあれば行くんだし」

久美にそこまで言われるとそれ以上の抵抗はできない気がした。

翌日、雄二は諸墨次長の前で、

「ぜひよろしくお願いします」

と、呉行きを承諾したのである。


雄二がいやいやながら舞鶴の海上保安学校に入学してから20年が経過していた。

小笠原父島で小さなアイドルとしてはしゃぎまくっていた清美も中学1年生になり、何となく女性としての自覚も出て、あれほどべったりとパパ好きだったのが雄二と距離を置くようになっていた。

清美の2歳下の誠一郎は小学校の5年生になり、近所の少年サッカークラブで夕方遅くまで汗を流している。

そして、清美、誠一郎に妹ができていた。

今では、誠一郎から5歳離れて生まれた小学校1年生の波留が、仕事に疲れて帰ってきた雄二にとっての帰宅後の話し相手であった。

広島県呉市の海上保安大学で1年間の特修科研修から帰った雄二は、第3管区横浜保安部の警備救難部に配属され、肩章には太い線が2本入った二等海上保安正に任命されていた。

神奈川県平塚市に小さな一戸建てを新築し、公私ともに充実した日々を送っていたのである。

そして43歳になった現在では、階級も太線2本の間に細線1本が入った一等海上保安正となり、第3管区横浜海上保安部の警備救難課長として正月休みもなく、毎朝早くから小さな軽自動車に乗って通勤していた。

2010年(平成22年)2月のある日、雄二に転勤の辞令が下りた。

第2管区の宮城保安部への異動で、巡視船『まつしま』へ機関長として乗船せよというものであった。

「だから呉への研修には行きたくなかったんだよ。

幹部候補となれば、全国転勤が付いてくるからなあ」

雄二は折角の穏やかな家庭が、壊れてしまうようで、気が進まなかったのだ。

「でもそんなに長い間じゃあないんでしょう。2年ぐらい直ぐなんだから、宮城へ行ったら？」

「だけど子供たちもだんだん難しい年ごろになってくるし……」

「心配しなくても私がちゃんとやるから大丈夫よ。それに、宮城なんて新幹線ですぐなんだから船から下りた時帰ってこられるじゃあないの」

雄二と久美は毎晩の様に話し合い、遂に単身赴任で雄二は第2管区宮城保安部の巡視船『まつしま』への乗船を決意したのである。

２０１１年（平成23）3月11日１４４０時（午後2時40分）、第2管区海上保安部所属の巡視船ＰＬ１０７『まつしま』は、２週間にわたる哨戒任務を終えて明日３月12日に母港塩釜に帰港することになっており、福島県相馬港で最終の哨戒準備を整えていた。

ワッチを終えた雄二は、珍しく船橋で船長の小田桐や主任航海士の野村とたわいのない雑談をしていた。

海の色もかなり春めいてきた東北ではあったが、まだ気温は低く甲板でのんびり日向ぼっこという訳にはいかなかった。

次の瞬間、1000トンクラスの巡視船『まつしま』がいきなり海の底から持ち上げられたのである。

「きた！」

「地震だ！」

船橋にいた者たちが口々に叫んだ。

「『まつしま』は津波に備えて直ちに出港する。総員持ち場に戻って津波に備えるように」

今まで雄二達と一緒に雑談をしていた船長の小田桐が、船内マイクを摑んで素早く指示を出した。

冷静な小田桐船長の声がスピーカーから流れてきた。

「機関長！　機関を6割ほど回してください」

「久保田、いつでも最大出力が出せるようにしておけ」

船長の声を受けた雄二は、機関室の若い2等機関士にそう言うと、船橋にある目の前のスロットルレバーで、メインエンジンの出力を60％丁度に調整し、小田桐船長からの次の指示を待った。

巡視船『まつしま』は方向を変えるためゆっくりと後進を始めた。

面舵いっぱいで後進していた『まつしま』が舵を戻し前進に転じた。

「来るぞ！　総員、近くの物に摑まって自身の安全を確保せよ」

船内でそれぞれが近くにある、思い思いのものを握りしめて、確保の態勢をとった時である。

右舷側にある防潮堤を越えてきた第1波の津波に、『まつしま』は左に45度ほど大きくヒールし、今離岸したばかりの岸壁に乗りあがらんばかりに流されたのである。

「機関長、もう少し速度を上げて早めに沖合に出よう」

船橋では小田桐船長があくまで冷静に、雄二に指示を出していた。

ともかくこの港内にいてはいつ岸壁にたたきつけられるか、非常に危険な状態なのであった。

雄二はスロットルレバーを前に倒し出力を70％まで上げた。

巡視船『まつしま』が港外に脱出するまでには、5分とかからなかったのではないだろうか。

最後の難関は、港外へ出た時に取舵をとって沖側に針路を転進する時の、右舷からの横波をまともに受けることであった。

大抵の船は前からの波には非常に強くできているが、横からの波の場合は簡単に転覆する構造になっており、巡視船といえども例外ではなかった。

「面舵90！」

小田桐船長の緊迫した声がスピーカーを通して艦内に響き渡った。

巡視船『まつしま』がグググッと右に反転を始めた直後に、第2波の津波が襲ってきた。

スロットルレバーを操作していた雄二は、あまりの衝撃で一瞬目をつぶったほどである。

『まつしま』は右舷後方から津波に襲われ、大きく左に傾きながらも40％ほどの速度で進んでいた。

『まつしま』がやっとの思いで船首を水平線に対して90度に転進したとき、大きな引き波がやって来た。

その引き波に乗ってぐっと距離を稼いだ『まつしま』は、やっと岸壁への衝突を避けられる位置まで航行できたのである。

「機関長、速度を90％ほどに上げて、早めに沖へ出よう」

小田桐船長の声に雄二は、

「ヨーソロ」

と、云いながらスロットルレバーをぐいっと前に倒した。

『まつしま』は白波を蹴って沖へと向かって進んでいる。

「機関室、久保田、そちらの状況はどうですか」

「久保田です。機関室、異常なし。

機関良好です。機関員全員意気さかん」

雄二は、二等機関士の久保田に、

「いつでも全速航行ができるように、エンジンを最高の状態にしておくように」

と指示をして、機関室は全く異常が無いこと。機関はいつでも最高速が出せること。を小田桐船長に報告すると、

「ご苦労さんでした。
まだ、3波、4波があるので気が抜けませんがね」

小田桐船長は、遠い前方に眼をやりながら静かな口調で言った。

「この船は心配ない。何しろつい先日みんなで一緒に塩釜神社にお参りしたばかりだからなあ」

「船長、つい先日って、いつですか」

三等航海士の門倉が口をはさんだ。

「門倉、余計なことを言うな。

船長はみんなで行った、正月の事を言っているんだから」

野村主任航海士の一言でやっと、緊張していたみんなの顔に笑顔が戻ったのである。

宮城県で大震災発生の第1報を受けた海上保安本部では、14時50分、第2・3・4・5・10・11管区の海上保安本部に対策本部を設置し、第6・7・9管区の海上保安本部には対策室を設置した。続いて15時に第1海上保安本部に対策本部を、第8管区海上保安本部には対策支援室を設置し、この未曾有の災害に対処したのである。そして北海道〜沖縄県の太平洋側沿岸域の被害状況調査と救助活動を指示したのであった。

また、15時14分の政府による緊急災害対策本部設置に伴い、巡視船艇100隻、航空機23機、特殊救難隊1隊（6名）に対して日本海溝型地震動員計画を発動した。

しかし、被害は海上保安庁にも出ていたのである。

第2管区では宮城保安部の巡視船『くりこま』の係留索が切れて漂流し、座礁したものとみられ船首の方向を150度に向けて右舷側に傾斜状態となり、巡視船『ざおう』は同じく係留索切れで4名の海上保安庁職員を乗せたまま漂流をしたり、航空機に浸水があったりしており、第2管区本部庁舎やその他多くの庁舎で、停電、電話の不通などが発生し、緊急業務に支障が出たりしたのである。

後日の政府発表によると、この地震は牡鹿半島の東南東130km付近の深さ24kmの海底が震源地であり、マグニチュード9・0という、日本国内観測史上最高の規模で、世界でも4番目の大きさというもので、3か月後の6月20日時点で死者約1万5000人、行方不明者約7500人、負傷者約5400人、そして避難生活者は約12万5000人という数字が出されていたのだ。

宮城県栗原町は最大深度7という強大なもので、発生した津波も福島県相馬市では9・3m以上、岩手県宮古市で8・5m以上、宮城県石巻で7・6m以上と記録されており、なんと女川漁港では14・8mにも達し、係留してある漁船なども防潮堤を越えて陸地の奥まで流されたりしたのであった。

エピローグ

地震の避難から、涙なしには見られないほどのダメージを受けた母港の塩釜に、やっと帰ってきた巡視船『まつしま』から降り立った雄二たちは、目の前に見る惨状にただ呆然とするばかりであった。

だが、明日からこの状況を打破してまた、がれきが散乱する海へ出なければならないのである。

そして以前のような美しい三陸の海に戻さなければならないのであった。

しかし、

「お疲れさんでした」

小田桐船長の一言が、雄二達、海上保安官の心に希望の灯をともしたのであった。